On trouve chez le même Libraire, les autres Ouvrages du même Auteur, sur la Musique, cités dans ce nouvel Essai.

Leçons de Clavecin, in-4°. . . . . . . .12 liv.

Traité de Musique, avec les exemples gravés, in-8°. . . . . 9 liv.

Réflexions & Méthode sur les Leçons de Musique, brochure in-8°. de soixante-six pages. . . . . 24 f.

Le Tolérantisme Musical, brochure in-8°. de trente-deux pages. . . . . . 12 f.

NOUVEL ESSAI

SUR L'HARMONIE,

Suite du Traité de Musique,

DÉDIÉ A MONSEIGNEUR

LE DUC DE CHARTRES,

PRINCE DU SANG.

PAR M. BEMETZRIEDER.

L.y.

Amadeh

A PARIS,

Chez L'AUTEUR, rue Neuve S. Roch, près celle des
Moineaux.
Et chez ONFROY, Libraire, Quai des Augustins,
au Lys d'or.

M. DCC. LXXIX.

Avec Approbation, & Privilege du Roi.

L A Science des Tons & des Harmonies, leur enchaînement ordonné, la chaîne conſtructive des Conſonnances & des Diſſonances, la Phraſe & le Diſcours harmonique, enfin les principaux Elémens de la *Compoſition Muſicale*, ſont indépendans de la Baſſe chiffrée & de routes les Notes écrites.

A **MONSEIGNEUR**

LE DUC DE CHARTRES,

PRINCE DU SANG,

MONSEIGNEUR,

LE *nom* de VOTRE ALTESSE *à la tête de cet Ouvrage repréfente l'Auteur; parcourant avec Elle mon Traité de Mufique, j'étois Difciple & Maître.*

Aujourd'hui je fais enfeigner l'Harmonie fans le fecours de la fcience difficile des accords ; l'Amateur peut enfin apprendre le talent harmonique, fans être obligé de favoir lire les Notes.

A ij

4

MONSEIGNEUR, *vous m'en avez donné l'idée, & vous avez bien voulu être le premier Disciple de mes nouveaux Essais : en vous consacrant mes travaux, je vous fais hommage de ma reconnoissance; elle est au-dessus de toute expression.*

Je suis, avec un profond respect,

MONSEIGNEUR,

DE VOTRE ALTESSE,

le très-humble & très-obéissant Serviteur,

BEMETZRIEDER.

AVERTISSEMENT.

L A Musique a des divisions, ainsi que tous les Arts ; ses principales parties sont LA LECTURE, L'ACCOMPAGNEMENT, L'EXÉCUTION & LA COMPOSITION.

LA LECTURE & L'ACCOMPAGNEMENT sont les talens de la jeunesse : pour les acquérir, il faut peu de raisonnement, beaucoup de pratique, point de livre, mais un Maître intelligent qui sache parler à l'entendement, qui sache proportionner ses leçons à l'âge, à l'état, à la capacité & au goût des Eleves (a).

L'EXÉCUTION est le talent du *Virtuose*; il ne borne pas son chant & son jeu à la simple lecture. Animé par le génie & dirigé par le goût, il imprime aux sons une force & un charme qui entraînent l'Auditeur, & lui remplissent l'ame de sensations délicieuses. L'Eleve exercé sur la lecture musicale peut profiter des leçons d'exécution ;

(a) On peut consulter mes *Leçons de Clavessin* pour les Principes de la Lecture musicale & de l'Accompagnement.

A iij

il peut efpérer d'exceller aufli un jour , s'il
a le temps & la volonté de pratiquer
beaucoup , s'il a les difpofitions néceffaires , (intelligence & perfeétion d'organes)
& s'il eft dirigé par un *Virtuofe.*

La Composition eft le grand, le
fublime talent en Mufique. Le Compofiteur fait écrire le langage merveilleux que
parle fi bien le *Virtuofe :* l'art & la nature
concourent pour former le bon Compofiteur.

La Compofition muficale a différentes
parties. Ses premiers élémens font...

1°. La fcience des Tons , des Harmonies , des Accords, & l'art d'en former la
chaîne conftruétive du difcours.

2°. L'art d'accompagner le chant har-
moniquement.

3°. L'art d'analyfer les morceaux d'une
Partition pour en extraire la chaîne des
confonnances & des diffonances , qui renferment les principales Notes du chant &
des accompagnemens.

Les autres parties de la Compofition
muficale font ...

La connoiſſance de l'étendue & de l'effet des voix & des inſtrumens.

L'art d'écrire en *partition* les accords de la regle de l'octave.

Le talent de faire & d'écrire la baſſe continue du chant.

Le talent de faire & d'écrire un chant pour la baſſe donnée.

Le talent de remplir dans la *Partition* une voix ou un inſtrument accompagnant.

Le talent d'étendre, de varier un *motif* ou phraſe de chant, & de l'arranger à deux, trois, quatre, cinq & ſix parties.

Le talent de faire & d'écrire une *Ariette*, un *Duo*, un *Trio*, un *Chœur*, un *Motet*, une *Ouverture*, une *Symphonie*, une *Fugue*, &c.

Dans mon *Traité de Muſique*, il ne s'agit que des élémens de la Compoſition; je crois même que c'eſt-là tout ce qu'on peut enſeigner, dans un livre, ſur ce talent créateur : c'eſt avec le Maître qu'on apprend à écrire en *Partition*, & le feu divin, qui anime, qui diſtingue le bon Compofiteur, eft un don du génie qui ne s'apprend pas.

Je reviens un peu fur ces Elémens en faveur de l'Amateur, qui n'a ni le tems, ni la volonté de paffer par tous les dégrés de l'étude ordinaire, pour fe familiarifer avec les Notes écrites.

Avec mon *Traité*, on peut apprendre à parler, à lire & à écrire la langue harmonique. Dans le préfent Ouvrage, j'enfeigne *féparément* l'art de parler; la chaîne conftructive des confonnances & des diffonances y eft développée fans le fecours de la baffe chiffrée; le talent le plus intéreffant & le plus favant de la compofition eft à la portée de tout le monde : fans favoir lire les Notes, on pourra apprendre à connoître & à compofer le difcours harmonique; en peu de tems, on le faura prononcer fur le *claveffin* (*b*).

(*b*) Je fuppofe que le Lecteur me fuit devant l'inftrument, & qu'il ne borne pas fon travail à lire ce qu'il faudroit étudier.

INTRODUCTION.

L E Virtuofe *claveſſiniſte* prélude divi-
nement fur fon inftrument ; les accords
fous fes doigts fe promenent, fe croifent,
fe précipitent... mais fon habileté ne lui
permet guere de fe reftreindre à la fimple
chaîne harmonique ; la mélodie & les *doubles croches* s'en mêlent malgré lui : c'eſt
fans doute un beau talent ; mais c'eſt le
réfultat d'une vingtaine d'années de pratique ; encore tous ceux qui cheminent vers
ce but ne l'atteignent pas ; plus d'un
Artifte refte en chemin après avoir
épuifé les reſſources de l'art.

Je ne parlerai point ici de ce talent
difficile... Le Compofiteur eftime un
autre talent harmonique, moins brillant,
mais plus favant ; il aime entendre une
chaîne d'accords plaqués, même il la préfere au prélude *fonate* : elle annonce un
Artifte inftruit & une tête meublée ; ce
que ne dit pas toujours le prélude du

virtuofe. Souvent les doigts habiles fuivent aveuglément l'impulfion de l'oreille...
C'eft le talent harmonique du Compofiteur que je vais développer. Si le Leéteur
eft familiarifé avec les noms & avec
l'ordre des notes...

   ut ré mi fa fol la fi,
s'il eft un peu exercé fur le *claveffin*, nous
pourrons commencer & nous mettre en
marche. Pour aller plus vîte, je ne ferai
fouvent qu'énoncer les propofitions fur
les tons & fur les harmonies, fans m'arrêter aux preuves (*c*).

_____

(*c*) Dans mon *Traité de Mufique*, je vais de conféquences en conféquences ; on y trouve les démonftrations
dont la Mufique eft fufceptible.

NOUVEL ESSAI
SUR L'HARMONIE.

DES TONS ET DE LEUR INTONATION.

Nature du Mode majeur & du Mode mineur ; nombre des Notes naturelles, des Notes dièzes & des Notes bémoles qui entrent dans la gamme de chaque ton ; intonation des sons de la nature ou harmonie consonnante des principales Notes de la gamme; mesures qui peuvent régler & embellir la prononciation de la consonnance.

1. Tout morceau de Musique réduit aux Notes principales, forme une chaîne de consonnances, ou une chaîne de consonnances mêlées de dissonances.

2. Chaque confonnance eft la prononciation des principaux fons de la gamme, du ton ou du mode ; c'eft fon *intonation.*

3. Les notes naturelles . . .

Ut ré mi fa fol la fi ut

font le modele de la gamme de tout ton majeur.

4. Les notes naturelles . . .

La fi ut ré mi fa fol la

font le modele de la gamme de tout ton mineur.

5. Les principales notes de la gamme répondent toujours aux nombres impairs...

1 , 3 , 5.

Ut mi fol font les principales notes de la gamme majeure du ton *ut,* & *la ut mi* font les principales notes de la gamme mineure du ton *la.* Ce font ces principales notes qui expriment les fons du corps fonore, les fons de la nature, les fons repos qui marquent les virgules, les points, & qui terminent les phrafes muficales.

6. L'enfemble ou l'harmonie *ut mi fol,* & l'enfemble ou l'harmonie *la ut mi ,* font

les modeles de toute confonnance; la premiere eft la confonnance majeure, la feconde eft la confonnance mineure.

7. Les 8 notes de la gamme font nommées *tonique*, *feconde*, *tierce*, *quarte*, *quinte*, *fixte*, *feptieme* & *octave*.

8. Les 8 notes de la gamme font féparées par fept efpaces, 5 font des intervalles de *ton*, & les 2 autres font des intervalles de *demi-ton*.

En majeur, les deux intervalles de *demiton* féparent la tierce de la quarte, & la feptieme de l'octave.

En mineur, les deux intervalles de *demi-ton* féparent la feconde de la tierce, & la quinte de la fixte.

9. Les trois notes de l'harmonie confonnante font féparées par deux efpaces, dont l'un eft l'intervalle de tierce majeure compofée de 2 *tons*, & l'autre eft l'intervalle de tierce mineure compofée d'un *ton* & demi.

La grande tierce fépare les deux premieres notes de la confonnance majeure,

& les deux dernieres, de la confonnance mineure.

La petite tierce fepare les deux pre-mieres notes de la confonnance mineure, & les deux dernieres de la confonnance majeure.

10. Dans l'octave *d'ut* on peut auffi ordonner la gamme fuivant le modele du ton mineur, & dans l'octave de *la*, on peut l'ordonner fuivant le modele du ton ma-jeur; on peut même prendre chaque note de la gamme pour une *tonique*, & ordon-ner enfuite, dans l'étendue de fon octave, une gamme fuivant le modele du mode majeur, ou fuivant le modele du mode mineur. Pour ce faire, il faut *diézer* une ou plufieurs notes naturelles, pour les hauffer d'un *demi-ton*, ou bien il faut en *bémolifer* une ou plufieurs, pour les baiffer d'un *demi-ton*.

11. Les notes *diezes* concourent pour la formation de la gamme dans l'ordre fuivant.

Fa ut fol ré la mi fi

12. Les notes *bémoles* concourent pour la formation de la gamme dans l'ordre suivant . . .

Si mi la ré sol ut fa.

L'ordre des *bémols* eft donc inverfe de celui qui regne parmi les *diezes*. Les *diezes* vont par quinte, & les *bémols* vont par quarte, comptant toujours du grave vers l'aigu, ou du bas vers le haut, (fur le *claveffin*, de gauche à droite).

13. La différence du majeur au mineur dans la même octave tombe fur la tierce fixte & feptieme de la gamme : ces trois notes font chacune d'un *demi-ton* plus grave en mineur qu'en majeur. Le *fi*, le *mi* & le *la* font *bémols* dans la gamme mineure d'*ut* : le *fa*, l'*ut* & le *fol* font *diezes* dans la gamme majeure de *la*. Donc 3 bémols de plus en mineur qu'en majeur, & 3 *diezes* de plus en majeur qu'en mineur de là même octave.

14. Les fept notes de la gamme étant naturelles dans l'octave d'*ut*, on peut conclure qu'elles doivent toutes être *diezes*

pour pouvoir former la gamme du même mode en *utdieʒe*, & qu'elles doivent toutes les fept être *bémoles*, pour pouvoir former une pareille gamme en *utbémol;* car, hauffant ou baiffant la tonique d'un *demi-ton*, il faudra également hauffer ou baiffer d'un *demi-ton* les autres notes de la gamme, fans quoi il ne pourroit plus y avoir entre elles les diftances ou les intervalles néceffaires pour la formation du mode.

15. Donc 21 *toniques* qui font les 7 notes naturelles de la gamme en *ut*, les 7 notes *dieʒes* de la gamme en *utdieʒe*, & les 7 notes *bémols* de la gamme en *utbémol;* par conféquent, 42 tons, 21 majeurs & 21 mineurs.

16. Les 21 *toniques* peuvent & doivent fe réduire à douze, & les 42 modes à vingt-quatre: douze tons majeurs & douze tons mineurs font le champ réel de notre harmonie & de notre mélodie.

Sur le *claveffin*, les douze *toniques* font vifibles, & tout Compofiteur confulte cet inftrument

inftrument qui ne rend que douze fons différents dans la même octave, avec lefquels on peut exprimer toutes les *toniques* poffibles (*d*).

17. Les *toniques utdieze* & *rébémol* rendent le même fon, qui doit être pris au point de milieu, entre l'*ut* & le *ré*.

───────────────────────

(*d*) Si vous êtes arrêté ou contrarié ici par l'érudition fur l'inégalité des *demi-tons*, ou par le *comma* qui fépare l'*utdieze* du *rébemol*, lifez les fix dernieres pages de mon difcours théorique fur l'origine des fons de l'octave, que vous trouverez à la tête de mon *Traité de Mufique* ; lifez aufli la page 47 de mes *Réflexions fur les Leçons de Mufique*, vous conclurez qu'*utdieze* & *rébemol* doivent être un même fon fur tous les inftruments, pour pouvoir être *toniques* ; que la voix doit les confondre : car, fi ces deux notes n'étoient pas prifes au même point de milieu, entre l'*ut* & le *ré*, elles ne pourroient pas fubfifter feules & indépendantes, comme doit l'être une *tonique*. Mais l'une, comme *fenfible*, exigeroit forcément le retour de la *tonique ré*, & l'autre, comme *fixte mineure*, exigeroit le retour de la *quinte ut*.

B

Il n'y a pareillement qu'une *tonique* entre le *ré* & le *mi*, qui s'appelle *rédieze* ou *mibémol*; une, entre le *fa* & le *sol*, qui s'appelle *fadieze* ou *solbémol*; une, entre le *sol* & le *la*, qui s'appelle *soldieze* ou *labémol*; une, entre le *la* & le *si*, qui s'appelle *ladieze* ou *sibémol*.

18. Les *toniques mi* & *fabémol* rendent aussi le même son ; une pareille identité confond les *toniques fa* & *midieze*, *si* & *utbémol*, *ut* & *sidieze*.

19. Ainsi, les douze *toniques* de notre octave sont à une égale distance l'une de l'autre ; l'intervalle de *demi-ton* sépare chacune de sa voisine (*e*).

20. Si on exprime la *tonique* qui est entre l'*ut* & le *ré* par la note *rébémole*,

_____

(*e*) Si on découvroit jamais un *microscope d'oreille*, on pourroit placer un *quart de ton* entre les *toniques*, & en ranger 24 dans l'étendue de notre octave : alors on auroit un champ bien plus vaste ; le Musicien pourroit approcher l'expression de la parole ; peut-être comme le Poëte ; il pourroit développer &

il en faut 5 *bémols* pour former dans son octave une gamme suivant le modele du mode majeur. Nous avons vu qu'il en falloit 7 *diezes* pour faire la gamme en *utdieze*. Donc le ton majeur de 7 *diezes* & le ton majeur de 5 *bémols* ne font qu'un même ton, la gamme de l'un se confond avec la gamme de l'autre.

21. Transportant le modele du mode mineur dans l'octave qui est entre le *la* & le *si*, il en faut sept *diezes* pour la gamme, si la *tonique* est exprimée par la note *ladieze*; & si on la nomme *sibémole*, il en faut 5 *bémols*. Donc le ton mineur de 7 *diezes* & le ton mineur de 5 *bémols* ne font qu'un même ton; les notes des deux gammes expriment les mêmes sons.

22. Dans l'octave qui est entre le *fa* & le *sol*, il en faut six *diezes* pour la

distinguer clairement les passions, les affections & tous les sentiments de l'ame.

gamme majeure, si la *tonique* est nommée *fadieze*; & si elle est nommée *solbémole*, il en faut 6 *bémols*.

23. Il en faut aussi six *diezes* ou six *bémols* pour faire la gamme, suivant le modele du mode mineur, dans l'octave qui est entre le *ré* & le *mi*.

24. En *labémol* il en faut 4 *bémols* pour la gamme majeure, & il en faut 8 *diezes* (*f*) pour la faire en *soldieze*.

25. Comparant les gammes dont les notes *diézées* ou *bémolisées* expriment les mêmes sons, on voit que le nombre des *diezes* de l'une & le nombre des *bémols* de l'autre font toujours ensemble

---

(*f*) Le huitieme *dieze* retombe sur le premier, car la quinte du septieme *dieze* est *fa* deux fois *dieze* ou *fa double dieze*. Les doubles *diezes* suivent le même ordre que les simples; pour le neuvieme *dieze*, il faut l'*ut double dieze*; pour le dixieme, il faut le *sol double dieze*, &c. Sur le *Clavecin*, on rend le *fa double dieze* par le *sol*, l'*ut double dieze* par le *ré*, & le *sol double dieze* par le *la*, &c.

douze. Delà on peut conclure qu'on rend les mêmes sons, si on est en majeur de 3 *bémols* ou en majeur de 9 *diezes* ; & comme nous avons vu ci-dessus qu'il y a 7 *bémols* en majeur d'*utbémol*, nous pouvons conclure qu'il doit y en avoir 5 *diezes* dans la gamme majeure de *si.*

26. Revenons un moment au modele du mode majeur ; mettons-nous dans le ton naturel d'*ut* ; quittons-le ; élevons la *tonique* d'une quinte, pour être en *sol* ; élevons également d'une quinte les autres notes de la gamme, toutes les notes resteront naturelles, excepté le *fa* qui sera *dieze*, & le modele de la gamme majeure sera observé.

27. Quittons une seconde fois notre modele *ut* ; élevons la *tonique* d'une quarte, pour être en *fa* ; élevons également d'une quarte les autres notes de la gamme ; toutes les notes resteront naturelles, excepté le *si* qui sera *bémol*, & le modele de la gamme majeure sera observé.

B iij

28. Revenons auffi un moment au modele du mode mineur ; mettons-nous dans
le ton naturel de *la* ; quittons-le de même ;
élevons la *tonique* d'une quinte & d'une
quarte , nous ferons en *mi* mineur , &
puis en *ré* mineur ; nous aurons d'abord
un *dieze* dans la gamme , & enfuite un
bémol.

29. Concluons qu'on a chaque fois un
dieze de plus dans la gamme , fi on quitte
un ton pour aller dans le ton femblable
de fa quinte , & qu'on a chaque fois un
bémol de plus dans la gamme, fi on
quitte un ton pour aller dans le ton
femblable de fa quarte.

30. Rappellons-nous que l'ordre des
bémols eft inverfe de celui qui règne
parmi les *diezes*, & nous verrons qu'un
dieze de plus dans la gamme eft la même
chofe qu'un *bémol* de moins ; augmenter
d'un *bémol*, & diminuer d'un *dieze* ,
font auffi des expreffions fynonimes.

31. Encore une obfervation. Les notes

naturelles forment la gamme en *ut* majeur & en *la* mineur ; toutes les notes de la gamme font *dieʒes* en *utdieʒe* majeur & en *ladieʒe* mineur ; toutes les notes de la gamme font *bémoles* en *utbémol* majeur & en *labémol* mineur ; un feul *dieʒe* en *fol* majeur & en *mi* mineur ; un feul *bémol* en *fa* majeur & en *ré* mineur. Donc, pour chaque nombre de *dieʒes* ou de *bémols*, deux tons relatifs ; la fixte de toute gamme majeure eft *tonique* du relatif mineur, & la tierce de toute gamme mineure eft *tonique* du relatif majeur.

32. A préfent nous pouvons négliger le modele ; les rapports (*g*) que nous venons de découvrir, fuffifent pour déterminer le nombre des notes naturelles des *dieʒes* & des *bémols* de toute gamme. Voulons-nous favoir, par exemple, la gamme majeure de 5 *bémols*, nous penferons au nombre douze, & nous dirons,

---

(*g*) Dans les deux premieres leçons de mon *Traité de Mufique*, je développe davantage les rapports qui règnent entre les 24 tons.

la gamme de 5 *bémols* se confond avec celle de 7 *diezes* ; or, en *ut*, toutes les notes sont naturelles ; donc en *utdieze* (à un demi-ton plus haut,) sept *diezes* ; donc en *rébémol* 5 *bémols* ? Voulons-nous savoir de plus la gamme en *rébémol* mineur, nous penserons au nombre 3 ' qui fait la différence du majeur au mineur de la même octave, & nous ajouterons 3 *bémols* à la gamme, ce qui donnera 8 *bémols* (*h*) pour le mineur de *rébémol.*

33. Pensant à la fois aux nombres 3, 7, 12 & à la distance des tons relatifs, nous pouvons faire une série de conséquences, & dire par exemple : en *la* mineur toutes les notes sont naturelles, donc en *la* majeur 3 *diezes*, donc en *ladieze* majeur 10

(*h*) Le huitieme *bémol* retombe sur le pre-mier, car la quarte du septieme *bémol* est *si* deux fois *bémol* ou *si double bémol.* Les *doubles bémols* suivent le même ordre que les simples ; pour le neuvieme *bémol*, il faut *mi double bémol* ; pour le dixieme, il faut le *la double bémol*, &c. Sur le *clavecin*, on rend le *si double bémol* par le *la*, le *mi double bémol* par le *ré*, & le *la double bémol* par le *sol*, &c.

dieʒes ou 2 *bémols* en majeur de *fibémol* , donc en *fol* mineur auffi 2 *bémols* , donc en *fol* majeur 2 *bémols* & 3 *dieʒes*, c'eſt-à-dire, 1 *dieʒe*; donc auffi 1 *dieʒe* en *mi* mineur, donc 4 *dieʒes* en *mi* majeur, donc auffi 4 *dieʒes* en *utdieʒe* mineur, donc 7 *dieʒes* en *utdieʒe* majeur, donc en *ut* 7 *dieʒes* & 7 *bémols*, c'eſt-à-dire, par combat & deſtruction toutes les notes naturelles.

34. Penſant aux nombres 1 & 12 , chacun pourra faire les tableaux ſuivans.

1°. *Tons majeurs par quinte.*

TONIQUES. NOMBRE DES *DIEZES* DANS LA GAMME.

Ut..........0.		
Sol.........1.		
Ré..........2.		
La........3.		
Mi..........4.		
Si..........5.		
Fadieʒe......6.		
Utdieʒe......7.		
Soldieʒe......8. ou *labémol*..	4 *bémols*.
Rédicʒe......9. ou *mibémol*..	3 *bémols*.
Ladieʒe.....10. ou *fibémol*....	2 *bémols*.
Midieʒe.....11. ou *fa*.......	1 *bémol*.
Sidieʒe......12. ou *ut*.......	0

2°. *Tons majeurs par quarte.*

TONIQUES.   NOMBRE DES *BÉMOLS* DANS LA GAMME.

Ut.............0,
Fa............1,
Sibémol.......2.
Mibémol.......3.
Labémol.......4.
Rébémol.......5.
Solbémol......6.
Utbémol.......7.
Fabémol.......8. ou *mi*......... 4
Sidoublebémol...9. ou *la*....... 3 diezes.
Midoublebémol.10. ou *ré*....... 2 diezes.
Ladoublebémol.11. ou *sol*...... 1 dieze.
Rédoublebémol.12. ou *ut*....... 0.

3°. *Tons mineurs par quinte.*

TONIQUES.   NOMBRE DES *DIEZES* DANS LA GAMME.

La.............0.
Mi.............1.
Si.............2.
Fadieze.......3.

TONIQUES.   NOMBRE DES *DIEZES* DANS LA
GAMME.

Utdieze. . . . . . . .4.
Soldieze. . . . . . . .5.
Rédieze. . . . . . . .6.
Ladieze . . . . .7.
Midieze . . . . .8. ou *fa*. . . . . .   4 *bémols*.
Sidieze. . . . . .9. ou *ut*. . . . . .   3 *bémols*.
Fadoubledieze. .10. ou *sol*. . . . . .   2 *bémols*.
Utdoubledieze. .11. ou *ré*. . . . . .   1 *bémol*,
Soldoubledieze. .12. ou *la*. . . . . .   0.

4°. *Tons mineurs par quarte.*

TONIQUES.   NOMBRE DES *BÉMOLS* DANS LA
GAMME.

La. . . . . .0.
Ré. . . . . .1.
Sol. . . . . .2.
Ut. . . . . .3.
Fa. . . . . .4.
Sibémol. . . . . . . .5.
Mibémol. . . . . . .6.
Labémol. . . . . . .7.
Rébémol. . . . . . .8. ou *utdieze*. . . 4 *diezes*.
Solbémol. . . . . .9. ou *fadieze*. . . 3 *diezes*.

T*oniques.*	N*ombre des* *Bémols dans la*
	Gamme.

Ut bémol......... 10. ou *si*...... 2 *diezes.*
Fa bémol.........11. ou *mi*..... 1 *dieze.*
Si double bémol...12. ou *la*..... o.

5°. *Tons relatifs par quinte.*

T*oniques.*	N*ombre des* *Diezes dans la*
	Gamme.

Ut & la............o.
Sol & mi..........1.
Ré & fi............2.
La & fadieze........3.
Mi & utdieze........4.
Si & foldieze........5.
Fadieze & rédieze.....6.
Utdieze & ladieze.....7.
Soldieze & midieze.....8. ou *labémol & fa.* 4 *bémols.*
Rédieze & fidieze......9. ou *mibémol & ut.* 3 *bémols.*
Ladieze & fadoubledieze. 10. ou *fibémol & fol.* 2 *bémols.*
Midieze & utdoubledieze. 11. ou *fa & ré...* 1 *bémol.*
Sidieze & foldoubledieze. 12. ou *ut & la...* o.

6°. *Tons relatifs par quarte.*

TONIQUES.	NOMBRE DES *BÉMOLS* DANS LA GAMME.

Ut & la. . . . . 0.
Fa & ré. . . . . 1.
Sibémol & sol. . . . . 2.
Mibémol & ut . . . . 3.
Labémol & fa . . . . 4.
Rébémol & sibémol . . . . 5.
Solbémol & mibémol. . . . . . . 6.
Utbémol & labémol. . . . . . . 7.
Fabémol & rébémol. . . . . . . 8. ou mi & utdieze. 4 diezes.
Sidoublebémol & solbémol. . . . 9. ou la & fadieze. 3 diezes.
Midoublebémol & utbémol. . . . 10. ou ré & si. . . 2 diezes.
Ladoublebémol & fabémol. . . . 11. ou sol & mi. . 1 dieze.
Rédoublebémol & si doublebémol. 12. ou ut & la. . . 0.

7°. *Succession du mineur au majeur de la même octave.*

TONIQUES.	MAJEUR.	MINEUR.
Ut.	0	3 bémols.
Sol.	1 dieze . .	2 bémols.
Ré.	2 diezes.	1 bémol.
La.	3 diezes.	0.
Mi.	4 diezes.	1 dieze.
Si.	5 diezes.	2 diezes.
Fadieze	6 diezes.	3 diezes.
Utdieze. . . .	7 diezes.	4 diezes.

Toniques.	Majeur.	Mineur.	
Soldieʒe..	8 dieʒes...	5 dieʒes ou la bémol.	4 & 7 bémols.
Rédieʒe...	9 dieʒes...	6 dieʒes ou mi bémol.	3 & 6 bémols.
Ladieʒe...	10 dieʒes...	7 dieʒes ou fi bémol.	2 & 5 bémols.
Midieʒe...	11 dieʒes...	8 dieʒes ou fa..	1 & 4 bémols.
Sidieʒe...	12 dieʒes....	9 dieʒes ou ut..	0 & 3 bémols.

35. Etant un peu familiarifé avec le nombre des *dieʒes* & des *bémols* de toutes les gammes, nous pouvons nous arrêter dans les tons naturels, & prononcer les fons de la nature fur l'inftrument, d'abord en *ut* majeur, enfuite en *la* mineur. Frappons des deux mains enfemble & alternativement la confonnance *ut mi fol.*

Recommençons, pour doubler l'*ut*, le *mi* & puis le *fol*, nous aurons pour chaque main *ut mi fol ut, mi fol ut mi,* & *fol ut mi fol* : exerçons ces trois pofitions de notre confonnance fur toute l'étendue de l'inftrument, ne frappons pas toujours à la fois tous les fons de l'harmonie, ils fe fuccedent très-bien du grave à l'aigu, & de l'aigu au grave.

Prononçons de même les principaux

fons de la gamme naturelle du ton *la*,
& exerçons-nous à pouvoir frapper facilement la confonnance *la ut mi*, fuivant
les 3 pofitions *la ut mi la*, *ut mi la ut*,
& *mi la ut mi*.

36. Sachant prononcer les principaux
fons des gammes naturelles de toutes les
manieres, cherchons à régler notre prononciation par la mefure & par le mouvement. Obfervons l'égalité des vibrations (*tic*, *tac.*) dans la marche d'une
pendule, & mettons la même régularité,
la même mefure dans la fucceffion de
nos harmonies ; ne proportionnons pas
la vîteffe du mouvement à l'habileté de
nos doigts, le mouvement lent eft le
plus propre à la marche des harmonies.
Soutenons le même mouvement, fans
l'accélérer, ni le retarder, & difons 5
fois la confonnance d'*ut* avec la main
droite, frappons à la bafe l'*ut* feulement
pour la premiere prononciation, le *mi*
pour la feconde, le *fol* pour la troifieme, le *mi* pour la quatrieme, & l'*ut*

pour la cinquieme. Difons de fuite &
de la même maniere la confonnance
mineure de *la*.

37. Pour chaque prononciation d'harmonie, on peut auffi frapper la bafe 2,
3 ou 4 fois, fi on veut approcher les
deux, les trois ou les quatre temps qui
règnent dans la mefure de la mélodie ;
pour avoir 5 mefures à deux temps, redi-
fons 5 fois la confonnance majeure d'*ut*,
frappons *ut ut* à la bafe pour la premiere
prononciation, *mi mi* pour la feconde,
fol fol pour la troifieme, *mi mi* pour
la quatrieme, & *ut ut* pour la cinquieme.
Difons de fuite & de la même maniere
la confonnance mineure de *la*.

38. Recommençons, & pour avoir 5
mefures à trois temps, difons 5 fois la
confonnance d'*ut* ; frappons *ut ut ut* à
la bafe pour la premiere prononciation,
mi mi mi pour la feconde, *fol fol fol*
pour la troifieme, *mi mi mi* pour la
quatrieme, & *ut ut ut* pour la cinquieme.

Difons

Difons de fuite & de la même maniere
la confonnance mineure de *la*.

39. Recommençons une troifieme fois,
& pour avoir cinq mefures à 4 temps,
difons 5 fois la confonnance d'*ut* ; frappons à la baffe *ut ut ut ut* pour la premiere prononciation , *mi mi mi mi* pour
la feconde, *fol fol fol fol* pour la troifieme, *mi mi mi mi* pour la quatrieme,
& *ut ut ut ut* pour la cinquieme. Difons
de fuite & de la même maniere la confonnance mineure de *la*.

40. Mettons de la régularité dans la
fucceffion des temps ; marchons plus vîte
avec la main gauche ; doublons, triplons
ou quadruplons le mouvement , mais
obfervons l'égalité des vibrations (*tic* ,
tac) de la pendule. Les temps font des
moitiés , des tiers ou des quarts de la
mefure ; donc ils doivent fe fuccéder
avec égalité de durée , comme les mefures , mais deux fois, trois fois ou quatre
fois plus vîte que les mefures.

41. Notre intonation peut encore

C

approcher davantage la mesure de la mélodie. Ne frappons pas toujours tous les temps sur la même note de basse ; dans la mesure à 3 temps, ne frappons par fois que le premier & le troisieme temps ; une autre fois frappons la mesure à la basse, & exprimons les temps avec les notes de l'harmonie ; marquons toutefois la derniere prononciation, en ne frappant des deux mains que la mesure.

42. Exprimant les temps par la succession des notes de la consonnance, nous aurons naturellement la mesure à 3 temps ; nous aurons aussi les 4 temps, en répétant un unisson ; mais pour rendre la mesure à deux temps, il faut doubler la vîtesse, & dire deux fois les sons de l'harmonie dans la même mesure, pour avoir par temps trois ou quatre notes.

43. La mesure à 2 temps, ainsi embellie, est susceptible de 4 changemens très-naturels. Les sons de l'harmonie peuvent se succéder du grave vers l'aigu, & de l'aigu vers le grave ; on peut chan-

ger la pofition, la defcendre ou la monter.

44. Embelliffons auffi les mefures de 3 & de 4 temps; répétons les fons de l'harmonie, pour donner deux notes à chaque temps; frappons à la baffe les temps fimples, ou feulement la mefure, tandis que la main droite dit les 6 ou les 8 notes; une autre fois ne marquons ni les temps, ni la mefure; comptons feulement les 6 ou les 8 notes, difant la premiere à la baffe, & les autres avec la main droite.

45. A préfent nous pouvons avancer; nous favons plaquer & harpégier l'harmonie; nous favons prononcer en mefure la confonnance des tons naturels; difons auffi l'intonation des autres tons. Commençons par ceux qui ont un *die*ʒ*e* &, un *bémol* dans leur gamme, & allons par gradation aux tons de 3, 5 & 7, tant *die*ʒ*es* que *bémols*; après lefquels nous pourrons auffi placer les tons qui ont les *die*ʒ*es* & les *bémols* en nombres pairs; réglons toutefois notre prononcia-

tion par la mesure ; soutenons l'égalité
du mouvement ; mettons 3 ou 5 mesures
par intonation ; employons tour-à-tour
la mesure à 2, à 3 & à 4 temps ; frappons les temps simples dans un ton ; dans
un autre disons les temps embellis ;
recommençons souvent l'intonation de
tous les tons ; attachons-nous sur-tout
aux tons qui ont dans la gamme les
diezes & les *bémols* par nombre impair (*i*).

_____

(*i*) Il est essentiel d'être familiarisé avec le
nombre des *diezes* & des *bémols* de toutes les
gammes. Dans chaque ton, il faut être exercé
à pouvoir frapper sur l'instrument toutes les
positions de l'harmonie des sons de la nature.
Pour atteindre ce but plus vîte, il faut se rendre
maître de quelques tons qui servent aux autres
d'*époques*, & à la mémoire de *ralliemens*.

NOUVEL ESSAI
SUR L'HARMONIE.

CHANGEMENS ET CHAINES DE TONS.

Changemens de tons naturels & extraordinaires ; enchaînement de tons prononcés par la consonnance des principales notes de la gamme ; chaîne générale, vague & indéterminée ; chaîne constructive de l'ariette, & chaîne constructive du récitatif.

46. Nous connoissons les tons, nous savons prononcer toutes les consonnances ; ce sont autant de mots isolés ; lions-les ensemble, & formons-en une chaîne. Employons d'abord indifféremment tous les tons ; serrons ensuite le cercle ; or-

donnons les intonations analogues & voi-
fines ; traçons la marche de l'ariette ;
puis, négligeant la fubordination , fuivons
la trace du récitatif.

Changeant de ton , l'intonation n'eft
pas indifférente ; on peut élever & baiffer
la tonique de plufieurs dégrés; le nouveau
corps fonore peut avoir un ou deux fons
communs avec celui du ton quitté ; il
peut même compofer une harmonie toute
nouvelle. Enchaînant les tons , imitons
la nature ; tout eft lié dans fa marche,
elle va par gradation : la lumiere du jour
croît & décroît ; les ténebres de la nuit
s'épaiffiffent & s'éclairciffent ; la crainte
& l'efpérance féparent le plaifir de la
peine; tout fentiment naît, croît , décroît
& meurt. Exprimons cette marche naturelle & fimple ; augmentons ou diminuons
les *diezes* & les *bémols* , un à un ; par-
courons les gammes de proche en proche ; allons par dégrés du naturel à tous
les *diezes* ; rétrogradons par dégrés, &
allons de même du naturel à tous les

bémols : rompons par fois l'uniformité , omettons les tons intermédiaires , & fautons du naturel à 2 , 3 , 4 & 5 *diezes* , ou du naturel à 2 , 3 , 4 & 5 *bémols* , car la nature elle-même eft quelquefois extraordinaire , du moins paroît - elle l'être. Nous ne voyons fouvent que les extrêmes ; les dégrés intermédiaires nous échappent ; elle produit des phénomenes , & nous étonne : ne la confultons pas , quand elle fatigue , ni quand elle effraie; banniffons pour jamais de la Mufique les marches qui ennuient & qui bleffent l'oreille.

47. Examinons un peu tous les changemens qu'on peut faire , en quittant un ton : delà nous déduirons aifément la marche naturelle & les marches extraordinaires.

La tonique élevée d'une quinte , eft à l'uniffon de la tonique baiffée d'une quarte.

La tonique baiffée d'une quinte , eft à l'uniffon de la tonique élevée d'une quarte.

La tonique élevée de fix dégrés de

C iv

demi-ton, eſt à l'uniſſon de la tonique
baiſſée de ſix dégrés de demi-ton.

Donc, en quittant un ton, on peut
prendre onze toniques nouvelles ; cinq
à l'aigu élevées d'un, de deux, de trois,
de quatre ou de cinq dégrés de demi-
ton ; cinq au grave, baiſſées d'un, de
deux, de trois, de quatre ou de cinq
dégrés de demi-ton ; l'onzieme tonique
eſt à l'aigu & au grave, elle eſt élevée
& baiſſée de 6 dégrés.

48. Dans l'octave de chaque tonique
nouvelle, on peut faire le mode majeur
ou le mode mineur ; de plus, avant que
de quitter la tonique, on peut changer
de mode ; donc on peut faire 23 changemens, en quittant un ton quelconque.

49. Des onze toniques nouvelles, ſix
ſont notes de la gamme du ton quitté ;
elles compoſent la marche naturelle, la
marche la plus douce pour l'oreille ; car
on l'étonne ſi on ſaute ſur une tonique
nouvelle, qui n'étoit pas note de la
gamme du ton quitté.

50. Le mode de la tonique nouvelle n'eſt pas arbitraire ; le plus naturel & le plus immédiate eſt celui dont la gamme a le plus de notes communes avec la gamme du ton quitté.

51. Prenons pour exemple le ton majeur d'*ut*, examinons les 11 toniques nouvelles, qui peuvent lui ſuccéder ; les 5 à l'aigu ſont *utdieʒe* ou *rébémol*, *ré*, *rédieʒe* ou *mibémol*, *mi* & *fa* ; les 5 au grave ſont *ſi*, *ſibémol* ou *ladieʒe*, *la*, *labémol* ou *ſoldieʒe* & *ſol* ; l'onzieme à l'aigu ou au grave, eſt *fadieʒe* ou *ſol-bémol* ; or, les 6 *ré mi fa ſol la* & *ſi* ſont notes de la gamme du ton *ut*, l'oreille en eſt déja familiariſée ; devenant toniques nouvelles, elles ne peuvent pas l'étonner, quoique chacune puiſſe pro-duire un effet plus ou moins doux.

52. Les ſix toniques nouvelles les plus naturelles étant déterminées, pro-fitons encore du même exemple pour fixer leur mode immédiate ; comparons

les deux modes de chacune avec la gamme naturelle d'*ut*.

Dans la gamme de *ré* il y a 2 *diezes* pour le mode majeur, & un *bémol* pour le mode mineur ; donc le mode mineur de *ré* fuccede plus immédiatement au ton majeur d'*ut*.

Dans la gamme de *mi* il y en a quatre *diezes* pour le majeur , & un *dieze* pour le mineur ; donc, fi la tierce *mi* fuccede au ton majeur d'*ut* comme tonique nouvelle, fon mode doit encore être mineur.

Dans la gamme de *fa* il y a un *bémol* pour le mode majeur , & il y en a 4 *bémols* pour le mineur ; dans la gamme de *fol* il y a un *dieze* pour le majeur , & deux *bémols* pour le mineur ; donc le mode immédiate de la quarte *fa* & de la quinte *fol* doit être majeur.

Dans la gamme de *la* il y a 3 *diezes* pour le majeur , & toutes les notes font naturelles pour le mineur ; dans la gamme de *fi* il y en a 5 *diezes* pour le majeur,

& deux *diezes* pour le mineur ; donc le mode immédiate de la fixte *la* & de la feptieme *fi* doit être mineur.

53. Prenons auffi pour exemple le ton mineur de *la*, examinant, comme dans l'article précédent, les 11 toniques nouvelles qui peuvent lui fuccéder, nous trouverons que les 6 les plus naturelles font *fi ut ré mi fa* & *fol ;* pour fixer leur mode immédiate , comparons les deux modes de chacune avec la gamme naturelle de *la*.

En *fi* mineur il y a plus de notes communes avec la gamme naturelle de *la*, qu'en *fi* majeur ; donc le mode doit être mineur, fi la tonique *fi* fuccede au ton mineur de *la* ; fi la quarte *r* éfuccede à notre ton *la*, fon mode doit encore être mineur par la même raifon.

Si la tierce *ut*, la fixte *fa*, ou la feptieme *fol* fuccedent au ton mineur de *la*, leur mode doit être majeur , car en mineur d'*ut* il y auroit trois nouveaux fons dans la gamme , tandis qu'en majeur d'*ut* les mêmes fons compofent la gamme du ton quitté & celle du nouveau ton ; en majeur de *fa* & de *fol* il y a le moindre changement poffible , un feul *bémol* fait la différence dans le premier changement , & dans le fecond un feul *dieze* diftingue la nouvelle gamme de la gamme du ton quitté.

Si la quinte *mi* devient tonique nouvelle, fon mode mineur eft plus immédiate que fon mode majeur, mais l'un & l'autre fuccedent très-naturellement ; car le mode mineur n'exifte plus pur dans notre Mufique , on y fait continuellement une exception fur la feptieme note, pour la rendre fenfible & femblable à la feptieme note des tons majeurs ; cette exception fe fait fur-tout immédiatement avant l'octave ou la tonique finale; dans notre ton *la* elle familiarife l'oreille avec le troifieme *dieze foldieze* , au point qu'après *la ut mi* , la prononciation *mi foldieze fi* paroît auffi & même plus naturelle que la prononciation *mi fol fi*.

54. D'après ces notions, j'établis deux regles générales sur la marche naturelle des tons ; ce sont deux corollaires qui coulent de sources , & non pas deux précéptes despotiques & aveugles.

Premiere regle.

En quittant un ton majeur, on peut prendre chaque note de sa gamme pour tonique nouvelle, avec la restriction que le mode de la quarte & de la quinte soit majeur aussi , & que le mode des autres notes de sa gamme soit mineur.

Deuxieme regle.

En quittant un ton mineur, on peut prendre chaque note de sa gamme pour tonique nouvelle ; le mode de la quinte peut être indifféremment majeur & mineur, mais celui de la quarte & de la seconde doit être semblable, (c'est-à-dire, mineur aussi ,) & celui des autres notes de sa gamme doit être majeur.

55. Ces changemens naturels ne sont

pas également doux à l'oreille , le plus
& le moins dépend un peu du changement qu'il faut faire d'une intonation à
l'autre. Si le ton de la tierce ou celui
de la fixte fuccede à un ton quelconque ,
il ne faut changer qu'une feule note de
la confonnance des fons de la nature ,
pour avoir l'intonation nouvelle : exemple.

UT , ton majeur.......... UT MI SOL.
Mi tierce , tonique nouvelle.. *mi fol fi.*
La fixte , tonique nouvelle... *la ut mi.*

LA , ton mineur.......... LA UT MI.
Ut tierce , tonique nouvelle... *ut mi fol.*
Fa fixte , tonique nouvelle.. *fa la ut.*

Si le ton de la quarte ou celui de la
quinte fuccede à un ton quelconque , il
en faut changer deux notes de la confonnance des fons de la nature , pour
avoir l'intonation nouvelle : exemple.

UT , ton majeur.......... UT MI SOL.
Fa quarte , tonique nouvelle.. *fa la ut.*
Sol quinte , tonique nouvelle.. *fol fi ré.*

LA, ton mineur. . . . . LA UT MI.
Ré quarte, tonique nouvelle. . *ré fa la.*
Mi quinte, tonique nouvelle. . *mi fol fi.*

Si le ton de la feconde ou celui de la feptieme fuccede à un ton quelconque, il faut changer toutes les trois notes de la confonnance des fons de la nature, pour avoir l'intonation nouvelle : exemple.

UT, ton majeur. . . . . UT MI SOL.
Ré feconde, tonique nouvelle. *ré fa la.*
Si feptieme, tonique nouvelle. *fi ré fadieʒe.*
LA, ton mineur. . . . . LA UT MI.
Si feconde, tonique nouvelle. *fi ré fadieʒe.*
Sol feptieme, tonique nouvelle. *fol fi ré.*

56. On peut faire encore un change-ment très - naturel ; en quittant un ton majeur, on peut lui faire fuccéder le mineur de la même octave ; & en quit-tant un ton mineur, on peut lui faire fuccéder le majeur de la même octave. Dans le premier cas, on ajoute fubi-tement 3 *bémols* ; & dans le fecond cas, on ajoute trois *dieʒes* ; cela dépaife

l'oreille fans l'étonner ; la même tonique
fert aux deux modes ; un feul fon de
l'intonation baiffe ou hauffe d'un demi-
ton, fans changer le rang dans la gamme :
exemple.

Ut, tonique... *ut mi fol*..... majeur.
Ut, tonique... *ut mibémol fol*.. mineur.
La, tonique... *la ut mi*...... mineur.
La, tonique... *la ut dieze mi*... majeur.

L'oreille s'en accommode à merveille
du changement de mode ; cela nous
donne un feptieme changement naturel,
en quittant un ton majeur ; & un huitieme changement naturel, en quittant
un ton mineur.

57. Les 16 changemens qu'on peut
faire encore en quittant un ton majeur,
& les 15 qui reftent à faire après un ton
mineur, font des fauts qui compofent la
marche extraordinaire. Les uns étonnent
l'oreille, lui plaifent & excitent ordinairement l'admiration ; les autres la bleffent,
la chagrinent & caufent fouvent le mé-
contentement.

58.

58. Divifons les fauts en deux efpèces ; les uns ont la tonique dans la gamme du ton quitté , mais le mode contraire aux regles énoncées (art. 54.) ; les autres plus brufques ont une tonique nouvelle, étrangere à la gamme du ton quitté.

En quittant un ton quelconque , on peut faire 10 fauts de la feconde efpèce ; on n'en peut faire que 6 de la premiere efpèce après un ton majeur , & 5 feu- lement après un ton mineur.

On fait un faut de la premiere efpèce, fi on dit *la* majeur immédiatement après le ton majeur d'*ut* , c'eft le faut de la fixte ; & on fait un faut de la feconde efpèce, fi on dit *rébémol* majeur immé- diatement après le ton mineur d'*ut*, c'eft le faut majeur d'un demi-ton plus haut.

59. Les changemens extraordinaires de la premiere efpèce font les fauts de fe- conde, de tierce, de quarte, de fixte, de feptieme ; le faut de quinte ne peut fe dire qu'en majeur, puifque les deux

D

modes de la quinte fuivent naturellement tout ton mineur (art. 54).

Pour diftinguer facilement les chan-gemens extraordinaires de la feconde efpèce, comptons-les par la diftance qui fépare les toniques nouvelles de la toni-que du ton quitté, & difons pour avoir les dix qui peuvent étonner après un ton majeur....

1°. Saut majeur, faut mineur d'un demi-ton plus haut.

2°. Saut majeur, faut mineur de trois demi-tons plus haut.

3°. Saut majeur, faut mineur d'un ton plus bas.

4°. Saut majeur, faut mineur de deux tons plus bas.

5°. Saut majeur, faut mineur de trois tons plus bas.

Les dix changemens extraordinaires de la feconde efpèce après un ton mineur, font...

1°. Saut majeur, faut mineur d'un demi-ton plus haut.

2°. Saut majeur, faut mineur de deux tons plus haut.

3°. Saut majeur, faut mineur d'un demi-ton plus bas.

4°. Saut majeur, faut mineur de trois demi-tons plus bas.

5°. Saut majeur, faut mineur de trois tons plus bas.

60. Arrêtons un moment ici ; familiarifons nos yeux & nos doigts avec tous ces changemens ; prononçons fept fois fur notre inftrument l'intonation d'un ton majeur ; d'*ut* par exemple (*k*) : quittons-le chaque fois pour prononcer l'intonation d'un des tons qui peuvent lui fuc-

---

(*k*) On peut négliger la mefure, le choix des pofitions de l'harmonie, & mettre toujours la tonique à la baffe : il s'agit ici de meubler la tête. Poffédant les principes, nous formerons la chaîne des tons ; alors nous chercherons à plaire à l'oreille par la variété des mefures ; nous emploierons à la baffe tous les 3 fons de la confonnance ; nous dirons à propos *ut mi fol*, *mi fol ut* & *fol ut mi*.

céder naturellement ; obfervons l'ordre
qui fuit...

> *Ut*, *la* mineur, fixte.
> *Ut*, *mi* mineur, tierce.
> *Ut*, *fol* majeur, quinte..
> *Ut*, *fa* majeur, quarte.
> *Ut*, *fi* mineur, feptieme.
> *Ut*, *ré* mineur, feconde.
> *Ut*, *ut* mineur, changement de mode.

Recommençons & prononçons notre
ton 6 fois ; quittons-le chaque fois pour
prononcer un des fauts qui ont leur tonique dans la gamme du ton quitté ; obfervons l'ordre qui fuit...

> *Ut*, *la* majeur, faut de fixte.
> *Ut*, *mi* majeur, faut de tierce.
> *Ut*, *fol* mineur, faut de quinte.
> *Ut*, *fa* mineur, faut de quarte.
> *Ut*, *fi* majeur, faut de feptieme.
> *Ut*, *ré* majeur, faut de feconde.

Recommençons une feconde fois &
prononçons notre ton majeur encore 10
fois ; quittons-le encore chaque fois pour

prononcer un des fauts qui ont leur tonique hors de la gamme du ton quitté ;
obfervons l'ordre qui fuit...

Ut, *rébémol* majeur, faut majeur d'un
demi-ton plus haut.

Ut, *mibémol* majeur, faut majeur de
trois demi-tons plus haut.

Ut, *fibémol* majeur, faut majeur d'un
ton plus bas.

Ut, *labémol* majeur, faut majeur de
deux tons plus bas.

Ut, *folbémol* majeur, faut majeur de
trois tons plus bas.

Ut, *utdieʒe* mineur, faut mineur d'un
demi-ton plus haut.

Ut, *rédieʒe* mineur, faut mineur de
trois demi-tons plus haut.

Ut, *fibémol* mineur, faut mineur d'un
ton plus bas.

Ut, *foldieʒe* mineur, faut mineur de
deux tons plus bas.

Ut, *fadieʒe* mineur, faut mineur de
trois tons plus bas.

D iij

61. Exerçons-nous aussi avec les chan_
gemens d'un ton mineur ; prenons pour
exemple le ton mineur de *la* ; prononçons huit fois sur notre instrument son
intonation ; quittons-le chaque fois pour
prononcer l'intonation d'un des tons qui
peuvent lui succéder naturellement ; ob-
servons l'ordre qui suit...

La , ut majeur, tierce.

La , fa majeur, sixte.

La , mi mineur, quinte.

La , ré mineur, quarte.

La , mi majeur, majeur de quinte.

La , sol majeur, septieme.

La , si mineur, seconde.

La , la majeur, changement de mode.

Recommençons & prononçons notre
ton 5 fois ; quittons-le chaque fois pour
prononcer un des sauts qui ont leur tonique dans la gamme du ton quitté ; obser-
vons l'ordre qui suit...

La , ut mineur, saut de tierce.

La , fa mineur, saut de sixte.

La, *ré* majeur, faut de quarte.

La, *fol* mineur, faut de feptieme.

La, *fi* majeur, faut de feconde.

Recommençons une feconde fois & prononçons notre ton mineur encore 10 fois ; quittons-le encore chaque fois pour prononcer un des fauts qui ont leur tonique hors de la gamme du ton quitté ; obfervons l'ordre qui fuit...

La, *fibémol* mineur, faut mineur d'un demi-ton plus haut.

La, *utdieze* mineur, faut mineur de deux tons plus haut.

La, *foldieze* mineur, faut mineur d'un demi-ton plus bas.

La, *fadieze* mineur, faut mineur de trois demi-tons plus bas.

La, *mibémol* mineur, faut mineur de trois tons plus bas.

La, *fibémol* majeur, faut majeur d'un demi-ton plus haut.

La, *rébémol* majeur, faut majeur de deux tons plus haut.

La, *labémol* majeur, faut majeur d'un demi-ton plus bas.

La, *folbémol* majeur, faut majeur de trois demi-tons plus bas.

La, *mibémol* majeur, faut majeur de trois plus bas (*l*).

(*l*) Si cette Mufique barbare ennuie mon Difciple, je me mets devant le Piano ; je le prie de me dicter tous ces changemens ; j'anime un peu les prononciations par la mefure & par le mouvement ; je varie les pofitions de l'harmonie ; je les fais fuccéder les unes aux autres le plus naturellement, de proche en proche ; quelquefois je choifis les plus avantageufes ; j'emploie à la baffe indifféremment les 3 fons des confonnances ; je fais marcher la baffe tantôt par ton, tantôt par demi-ton. Je prends pour exemple les mêmes tons *ut* & *la*, ou bien je pars à la volonté de mon Maître, de *ré*, de *mi*, de *fa*, de *fol*, de *fi*, d'*utdieze*, de *folbémol*, &c. tant majeurs que mineurs ; même fous fon bon plaifir, je mêle enfemble les art. 60 & 61 ; je romps la marche naturelle par des fauts ; aux fauts je fais fuccéder des changemens ordinaires, & avec tous les changemen

62. Dans la marche muficale ces changemens ne font pas employés auffi fouvent les uns que les autres ; parmi les naturels les plus ufités font les changemens fur la quinte & fur la quarte ; les plus rares font les changemens fur la feconde & fur la feptieme ; le changement de mode, les changemens fur la fixte & fur la

je fais une fuite, prenant chaque fois le nouveau ton pour principal, que je quitte à fon tour pour un nouveau changement, fans revenir à l'éternel premier ton majeur, ni au trifte premier ton mineur. Je me dicte à haute voix, ordinairement mon Difciple entremêle fa dictée avec la mienne ; s'il infifte aux changemens doux, je l'interromps avec les fauts les plus extraordinaires ; s'il veut du bizarre, après l'avoir fatisfait, je m'arrête aux changemens ordinaires les plus agréables.

Peu à peu mon Difciple fe familiarife avec tous les changemens, diftingue les plus flatteurs, & conçoit l'utilité des autres. Je n'infifte plus, nous abandonnons notre Mufique vague qui eft barbare malgré tout embelliffement. Nous allons aux articles fuivans.

tierce font à-peu-près également fréquens. Les fauts ne font pas tous employés : les plus ufités font les fauts de la fixte, de la feconde, de la tierce, & le faut majeur d'un ton plus bas après un ton majeur; & après un ton mineur, les plus fréquens font le faut majeur d'un demi-ton plus haut & le faut de la feptieme. (*m*).

63. Réduifons tous ces changemens à quelques chefs pour aider la mémoire dans la chaîne des tons.

(*m*) A-t-on tort ? A-t-on raifon d'en ufer ainfi ? C'eft ce qu'on pourra décider par la fuite : car j'efpere qu'on bannira enfin les regles avec lefquelles on voudroit borner le génie des Eleves, pour mettre en place toutes les reffources & toute la richeffe de l'art. En attendant, fuivons l'ufage & bornons notre marche aux changemens ufités : s'il nous venoit en fantaifie de nous écarter un peu de la route ordinaire, craignons qu'on ne nous dife qu'il ne vaut pas la peine d'être neuf pour fi peu de chofe ; fongeons que le génie feul a le fecret de choifir & de placer à propos.

Les changemens naturels fur la quarte & fur la quinte vont du majeur au majeur, & du mineur au mineur ; fi le majeur de la quinte fuccede auffi par fois au ton mineur, le mode femblable eft pourtant plus naturel ; la marche fondée fur ces changemens eft en mufique la ligne droite.

Les changemens naturels qu'on fait fur la tierce, fur la fixte & fur la feptieme, vont du majeur au mineur & du mineur au majeur ; celui qu'on fait fur la feconde fuit la même loi, en quittant un ton majeur ; ce font en mufique les détours qu'on fait à l'aigu & au grave.

Tous les changemens de tons peuvent donc s'exprimer par les 5 points fuivans.

1°. Ligne droite de quarte.

2°. Ligne droite de quinte.

3°. Détours.

4°. Changement de mode.

5°. Sauts.

64. Partons à préfent d'un ton quelconque, & fuivons douze fois la dictée

du premier point ; nous reviendrons à
notre premier ton après avoir paſſé par
tous les tons ſemblables, & nous aurons
fait la chaîne la plus naturelle, le cercle
des 12 tons majeurs ou des douze tons
mineurs. Nous aurons le même cercle,
en ſuivant 12 fois la dictée du ſecond
point.

Pour avoir une chaîne naturelle la plus
générale poſſible, le cercle des 24 tons,
il faut en partant d'un ton quelconque
ſuivre 24 fois la dictée du troiſieme
point, & dire chaque fois détour au grave
ſur la ſixte ; on reviendra au premier ton,
après avoir paſſé par tous les tons majeurs
& mineurs.

On peut auſſi faire le cercle des 24
tons, en mêlant enſemble le deuxieme
& quatrieme point, partant d'un ton
majeur & diſant alternativement changement de mode & majeur de la quinte.

65. Il faut répéter ſouvent ces chaînes
de tons, & prononcer chaque fois les
intonations ſur l'inſtrument : la ſuite na-

turelle des confonnances n'eft pas indifférente ; elle exerce l'oreille & peut lui
plaire, fi la marche de la baffe eft bien
ordonnée avec celle des notes de l'harmonie, fi les pofitions fe fuccedent naturellement, & fi les temps de la mefure
font un peu embellis & variés fuivant
les articles 41, 42, 43 & 44.

66. Dans la fucceffion des harmonies
liées entre elles il n'eft pas arbitraire de
dire *ut mi fol*, *mi fol ut* ou *fol ut mi* ;
après avoir dit *fa la ut*, la pofition *mi
fol ut* eft la plus naturelle ; difant ainfi
la feconde harmonie, deux fons de la
premiere defcendent de ton, de demi-ton,
& font un chant fimple de gamme, le
chant *la fol*, *fa mi* : *fa ut* eft une
baffe très-bien ordonnée dans la fucceffion de ces deux harmonies, fi le *fa*
eft d'une octave plus grave que fon
harmonie, & fi l'*ut* eft d'une quinte plus
aigu que le *fa*.

Après avoir dit *fol fi ré*, la pofition
fol ut mi eft la plus naturelle ; difant

ainfi la feconde harmonie , deux fons de
la premiere montentde demi-ton, de
ton, & font un chant fimple de gamme,
le chant *fi ut*, *ré mi* : *fol ut* eft une
baffe très-bien ordonnée dans la fucceffion de ces deux harmonies , fi le *fol*
eft d'une octave plus grave que fon
harmonie , & fi l'*ut* eft d'une quinte
plus grave que le *fol*.

Ut mi fol fuit naturellement la confonnance de *fol* prononcée dans la pofition *fi ré fol*.

67. Les premieres notes ne figurent
pas toujours bien à la baffe dans la fucceffion des harmonies : toutes les trois
notes font néceffaires pour la marche
des confonnances ; la baffe ordonnée ne
va pas toujours comme l'harmonie , la
même note fert fouvent de baffe à deux
& à trois harmonies différentes ; une autre
fois les notes de la baffe montent ou
defcendent d'un ton, d'un demi-ton, d'une
tierce, tandis que l'harmonie marche par
quarte ou par quinte. La chaîne harmo-

nique la mieux ordonnée est celle dans laquelle les notes de la basse ont une marche opposée à celle des notes de l'harmonie ; si ces dernieres descendent, les notes de la basse doivent monter ; & si celles - ci descendent, les notes de l'harmonie qui marchent, doivent monter.

68. Prononçant la chaîne des consonnances sur l'instrument, il faut éviter les sons les plus aigus & les sons les plus graves ; les trois octaves de *fa* qui composent avec un *sol* aigu l'étendue des voix, font l'étendue naturelle du discours harmonique.

La basse & l'harmonie peuvent être dans la même octave, mais leur plus grand éloignement est indiqué par l'intonation du corps sonore qui comprend 3 sons à la distance de 1, 12 & 17 ; le plus grave est éloigné du plus aigu de deux octaves & d'une tierce.

Approchant la basse & l'harmonie, le rapport naturel se fortifie ; on l'affoiblit, si on les éloigne.

Dans la marche harmonique il vaut mieux interrompre la fuite naturelle des pofitions, & mal ordonner la baffe, que d'y mêler des fons trop aigus ou trop graves ; d'ailleurs on peut éviter les extrêmes de l'inftrument, en répétant une confonnance & baiffant la pofition ; répétant la note de baffe, on peut lui fubftituer un uniffon plus aigu.

Si les deux mains s'approchent de trop près, il faut encore interrompre la fuite naturelle des pofitions, ou répéter la note de baffe & lui fubftituer un uniffon plus grave, ou répéter la confonnance & hauffer fa pofition.

69. Poffédant ces remarques fur le choix des pofitions harmoniques & fur la maniere de bien ordonner la baffe, le Lecteur voudra peut-être recommencer l'article 64, & effayer fur fon inftrument les chaînes générales avec la baffe & les pofitions ordonnées ; je vais feconder fon envie avec les exemples fuivans...

1°. *Ligne*

1°. *Ligne droite de quinte , chaîne naturelle des 12 tons majeurs prononcés par leurs intonations, la baſſe ordonnée avec les poſitions de l'harmonie.*

Toniques.	Basses.	Consonnances.
Ut............	ut....	*ſol* ut *mi.*
Sol........	*ré....*	fol *ſi ré.*
Ré........	*ré....*	*fa-dieʒe la ré.*
La........	*mi....*	*mi* la *ut-d.*
Mi........	*mi....*	mi *ſol-d. ſi.*
Si........	*fa-d..*	*ré-d. fa-d.* ſi.
Fa-dieze....	*fa-d..*	*ut-d.* fa-d. *la-d.*
Ut-d......	*ſol-d...*	*ut-d. mi-d. ſol-d.*
{ Sol-d........	*ſol-d...*	
{ La-bémol....	*la-b...*	*ut mi-b* la-b.
Mi-b........	*ſi-b...*	*ſi-b.* mi-b. *ſol.*
Si-b........	*ſi-b...*	ſi-b. *ré fa.*
Fa........	*ut....*	*la ut* la.
Ut........	*ut....*	*ſol* ut *mi.*

Je conſerve le caractere du fond du livre pour la premiere & principale note

E

des confonnances , tandis que les deux autres font écrites en italique. Dans les exemples fuivans le même caractere diftinguera les principales notes harmoniques, toutes les fois qu'il y aura choix & mêlange de pofitions.

2°. *Ligne droite de quarte , chaîne naturelle des* 12 *tons majeurs prononcés par leurs intonations, la baffe ordonnée avec les pofitions de l'harmonie.*

TONIQUES. BASSES. CONSONNANCES.

TONIQUES	BASSES	CONSONNANCES	
Ut.......	*ut,*..	*mi fol*	ut.
Fa........	*la*....	fa *la*	ut.
Si-bémol..	*fi-b*..	*ré fa*	fi-b.
Mi-b....	*fol*...	mi-b. *fol fi-b.*	
La-b.....	*la-b*..	ut *mi-b.* la-b.	
Ré-b....	*fa*...	ré-b. *fa la-b.*	
Sol-b.....	*fol-b*..	*fi-b. ré-b.* fol-b.	
Ut-b.....	*mi-b*...	ut-b. *mi-b. fol-b.*	
{ Fa-b.....	*fa-b*..	. . . .	
{ Mi.......	*fol-d*..	*fi* mi *fol-d.*	mi *fol-d. fi.*
La........	*la, la*..		ut-d. mi la.
Ré.......	*fa-d.*		ré *fa-d. la.*
Sol.......	*fol.*.		fi ré fol.
Ut........	*ut*...		ut *mi fol.*

Cette marche engendre les *bémols :* arrivé en *fabémol,* je me repose un peu sur la basse, puis je métamorphose les 8 *bémols* en *4 dieʒes ;* je répete l'intonation de *mi* pour remonter la position ; en *la* je répete aussi la basse, la seconde fois je la frappe à une octave plus haut, pour rapprocher la main gauche de la droite, car au ton précédent il falloit dire *sol-dieʒe* au grave, pour aller en sens contraire avec les notes de l'harmonie.

3°. *Ligne droite de quinte , chaîne naturelle des 12 tons mineurs prononcés par leurs intonations, la basse ordonnée avec les positions de l'harmonie.*

TONIQUES.	BASSES.	CONSONNANCES.		
La........	la......	ut	mi	la.
Mi.......	mi.....	si	mi	sol.
Si........	fa-dieʒe..	ré	fa-d.	si.
Fa-dieze...	fa-d....	utd.	fa-d.	la.
Ut-d.....	mi.....	mi	sol-d.	ut-d.
Sol-d.....	si......	ré-d.	sol-d.	si.

E ij

TONIQUES.	BASSES.	CONSONNANCES.
Ré-d.....	la-d..	fa-d. la-d. ré-d.
La-d......	la-d..	mi-d. la-d. ut-d.
Mi-d.....	ſi-d...	
Fa........	ut....	fa. la-b. ut.
Ut.......	ut....	mi-b. ſol ut.
Sol.......	ſol....	ré ſol ſi-b.
Ré........	la....	ré fa la.
La........	la....	ut mi la.

Ici la marche de la baſſe n'eſt pas uniforme. La main droite évite la pente naturelle vers le grave, jettant 3 fois à l'aigu la note commune aux deux harmonies.

4°. *Ligne droite de quarte, chaîne naturelle des 12 tons mineurs prononcés par leurs intonations, la baſſe ordonnée avec les poſitions de l'harmonie.*

TONIQUES.	BASSES.	CONSONNANCES.
La........	la....	ut mi la.
Ré........	la....	ré fa la.

Toniques.	Basses.	Consonnances.
Sol......	*fol*....	*ré* fol *fi-b.*
Ut.......	*fol*....	*mi-b. fol* ut.
Fa.......	*fa*....	ut fa *la-b.*
Sib.......	*fa*....	*ré-b. fa* fi-b.
Mi-b......	*mi-b.*.	mi-b. *fol-b. fi-b.*
La-b......	*mi-b.*.	mi-b. la-b. *ut-b.*
{ Ré-b......	*ré-b*...	. . . .
{ Ut-d......	*ut-d* ..	*mi fol-b.* ut-d.
Fa-d......	*ut-d*...	ut-d. fa-d. *la.*
Si........	*fi*.....	*ré fa-d.* fi.
Mi.......	*fi*.....	*fi* mi *fol.*
La.......	*la*....	ut *mi* la.

La baffe defcend après avoir fervi à
deux tons ; les fons de l'harmonie montent naturellement , mais jettant 3 fois
au grave la note commune à deux intonations , la même pofition mife dans
la même octave commence & finit la
marche.

5°. *Changement de mode & ligne de
quinte , chaîne générale des 24 tons
prononcés par leurs intonations , la*

baſſe ordonnée avec les poſitions de l'harmonie.

TONIQUES.	BASSES.	CONSONNANCES.
Ut........	*ut....*	*ſol* ut *mi.*
Ut........	*ut....*	*ſol* ut *mi-b.*
Sol......	*ré....*	ſol *ſi* ré.
Sol......	*ré....*	*ſi-b.* ré *ſol.*
Ré.......	*ré....*	*la* ré *fa-d.*
Ré.......	*ré....*	*la* ré *fa.*
La.......	*mi....*	la *ut-d.* mi.
La.......	*mi....*	ut *mi* la
Mi.......	*mi....*	*ſi* mi *ſol-d.*
Mi.......	*mi....*	*ſi* mi *ſol.*
Si.......	*fa-d..*	ſi *ré-d. fa-d.*
Si.......	*fa-d...*	ré *fa-d.* ſi.
Fa-dieze..	*fa-d..*	*ut-d.* fa-d. *la-d.*
Fa-d.....	*fa-d...*	*ut-d.* fa-d. *la.*
Ut-d.....	*ſol-d...*	ut-d. *mi-d. ſol-d.*
Ut-d.....	*ſol-d..*	*mi. ſol-d.* ut-d.
Sol-d.....	*ſol-d...*	. . . .
La-bémol.	*la-b...*	*mi-b.* la-b. *ut.*
La-b......	*la-b...*	*mi-b.* la-b. *ut-b.*
Mi-b.....	*ſi-b...*	mi-b. *ſol. ſi-b.*
Mi-b.....	*ſi-b...*	*ſol-b.* ſi-b. *mi-b.*
Si-b.......	*ſi-b...*	*fa* ſi-b. *ré.*

TONIQUES.	BASSES.	CONSONNANCES.		
Si-b.......	*si-b*...	fa	si-b.	ré-b.
Fa........	*ut*....	fa	la	ut.
Fa........	*ut*....	fa	la-b.	ut.
Ut........	*ut*....	mi	*sol*.	ut.

Dans cette chaîne je contrarie encore la marche naturelle des positions; je jette par fois à l'aigu la note commune aux deux intonations voisines; par ce moyen les deux mains montent, en observant pourtant la regle du sens contraire (art. 67.); pour éviter le trop aigu & le trop grave, je prononce la premiere intonation sur le milieu du clavier, mettant la basse le plus près possible de l'harmonie.

6°. *Détour à la sixte, chaîne générale des 24 tons prononcés par leurs intonations, la basse ordonnée avec les positions de l'harmonie.*

TONIQUES.	BASSES.	CONSONNANCES.		
Ut........	*ut*....	mi	*sol*	ut.
La.......	*ut*....	mi	la	ut.

E iv

TONIQUES.	BASSES.	CONSONNANCES.		
Fa.......	la....	fa	la	ut.
Ré.......	la....	fa	la	ré.
Si-bémol..	fi-bémol.	re	fa	fi-b.
Sol.......	fi-b...	ré.	fol	fi-b.
Mi-b.....	fol....	mi-b.	fol	fib.
Ut........	fol....	mi-b.	fol	ut.
La-b.....	la-b...	ut	mi-b.	la-b.
Fa.......	la-b...	ut	fa	la-b.
Ré-b.....	fa....	ré-b.	fa	la-b.
Si-b......	fa....	ré-b.	fa	fi-b.
Sol-b....	fol-b..	fi-b.	re-b.	fol-b.
Mi-b.....	fol-b..	fi-b.	mi-b.	fol-b.
Ut-b.....	mi-b...	ut-b.	mi-b.	fol-b.
La-b.....	mi-b...	ut-b.	mi-b.	la-b.
{ Fa-b......	fa-b.			
{ Mi........	mi....	fol-d.	fi	mi.
Ut-dieze..	mi....	fol-d.	ut-d.	mi.
La.......	ut-d...	la	ut-d.	mi.
Fa-d.....	ut-d...	la	ut-d.	fa-d.
Ré.......	ré....	fa-d.	la	ré.
Si.......	ré....	fa-d.	fi	ré.
Sol......	fi....	fol.	fi	ré.
Mi.......	fi....	fol	fi	mi.
Ut.......	ut....	mi	fol.	ut.

Je fais toujours une paufe quand je
métamorphofe les *bémols* en *diezes*, ou
les *diezes* en *bémols* : ici je m'arrête un
peu fur *fa-bémol* que je nomme enfuite
mi dans le commencement d'une autre
mefure ; par ce moyen je n'apperçois
plus la fuite ; je me crois dans une route
toute nouvelle....... Cette précaution eft
effentielle pour bien mefurer ces fortes
de tranfitions , & pour faire fentir leur
effet ; car l'oreille & les yeux pourroient
fe tromper , fi on difoit de fuite & fans
interruption un ton *diéé* dans l'ordre
des tons *bémolifés*, ou bien un ton *bémo-*
lifé dans l'ordre des tons *diéés*.

70. On a encore une autre chaîne
générale très - naturelle de tous les 24
tons , fi on mêle enfemble le fecond &
le troifieme point ; partant d'un ton majeur , d'*ut* par exemple , & difant alternativement détour à l'aigu fur la tierce
& majeur de la quinte , on revient en
ut, après avoir paffé par tous les tons

majeurs & mineurs. Cette chaîne de tons
prononcés n'eſt pas indifférente, ſi la baſſe
deſcend toujours *chromatiquement*, (c'eſt-
à-dire, d'un demi-ton) ; elle n'eſt pas
difficile à concevoir, ſi on place la *tranſition*, (c'eſt-à-dire, la métamorphoſe
d'un ton *diéᵹé* en un ton *bémoliſé*, ou
la métamorphoſe d'un ton *bémoliſé* en
un ton *diéᵹé*), toutes les fois que la
tonique ſeroit note *dieᵹe*, de ſorte que
toutes les toniques ſoient ou notes naturelles , ou notes *bémoles*.

Dans cette chaîne ſi on paſſoit par le
relatif au lieu du détour ſur la tierce,
on auroit le même cercle réſerré &
encore une ſuite naturelle de conſonnances; après 5 tons intermédiaires on
reviendroit au premier ton.

Dans ce cercle réſerré ſi on retranchoit les relatifs, il ne reſteroit que 2
tons intermédiaires , & on auroit une
marche extraordinaire ; 3 fois de ſuite
le ſaut de la tierce produiſant 4 *dieᵹes*

à chaque pas, le troisieme saut par le
moyen de la *transition* ramene nécessai-
rement le premier ton. L'effet de cette
chaîne extraordinaire est étonnant, si on
répete plusieurs fois chaque intonation
variant les positions & les basses. Dans
notre exemple après avoir prononcé &
répété *ut*, *mi sol*, *sol ut mi* & *mi sol*
ut pour les basses *ut*, *mi* & *sol*, il faut
s'arrêter sur la premiere position *ut mi*
sol & sur la basse *mi* (la tierce ou le
milieu de l'harmonie); alors pour avoir
l'intonation suivante, il ne faut changer
que le son le plus grave & le son le
plus aigu de l'harmonie, baissant d'un
demi-ton le premier & haussant le dernier d'un demi-ton, sans y toucher à la
basse, & on aura pour le premier saut
de tierce *si mi soldieze* la tonique *mi* à
la basse : continuant la chaîne extraordinaire, il faut prononcer plusieurs fois
l'intonation de *mi*, varier les positions
de l'harmonie vers l'aigu & vers le grave,

donner fucceffivement tous les fons de la nature à la baffe , s'arrêter enfin fur la pofition *mi fol-dieze fi* & fur la baffe *fol-dieze*, dire pour le faut fuivant *ré-dieze fol-dieze fi-dieze* confervant la même baffe *fol-dieze* : ici il faut placer la *tranfition* & dire , en répétant l'intonation , *mi-bémol la-bémol ut* , s'arrêter fur la pofi-tion *la-bémol ut mi-bémol* , & fur la baffe *ut* , dire pour le troifieme & dernier faut *fol ut mi* , en confervant la baffe *ut*.

71. Le troifieme & le quatrieme point répétés 4 fois donnent auffi une chaîne naturelle , un cercle réferré de 8 tons dont la fuite des fimples intonations n'eft pas fans mérite ; partant d'un ton majeur & difant alternativement relatif , chan-gement de mode , on revient par une marche uniforme au premier ton , après avoir paffé par 7 tons intermédiaires.

Dans ce cercle réferré fi on retranchoit les relatifs , il ne refteroit que 3 tons in-

termédiaires , & on auroit une marche
extraordinaire , 4 fois de fuite le faut de
la fixte, produifant 3 *dieʒes* à chaque
pas, le quatrieme faut par le moyen de
la *tranfition* tombe néceffairement fur le
premier ton.

Prononçant fur le *clavecin* la fuite
d'intonations de cette chaîne , chacun
pourra de lui-même ordonner la baffe
avec les pofitions des harmonies ; fon
oreille fera fatisfaite de tous les choix.

72. Etant familiarifé avec ces chaînes
de tons prononcés, on trouvera aifément
les intermédiaires entre 2 tons donnés :
partant d'un ton on arrivera de 4 manieres à un autre quelconque ; du naturel,
par exemple , on arrivera à tous les 7
dieʒes ; 1°. par gradation, en prenant le
grand chemin & changeant 7 fois de ton
fur la quinte ; 2°. en prenant le chemin
naturel le plus court , & paffant feulement par les relatifs pour faire à la fois
4 *dieʒes* avec le majeur de la quinte ,
& puis encore à la fois 3 *dieʒes* avec le

changement de mode, (c'eft-à-dire, d'*ut* majeur en *utdieze* majeur par *la* mineur, *mi* majeur, & *utdieze* mineur) ; 3°. par une marche extraordinaire, omettant les rela tifs & paffant fans intermédiaires du na· turel à 4 *diezes* par le faut de la tierce, & de 4 *diezes* à 7 *diezes* par le faut de la fixte, ou bien du naturel à 3 *diezes* par le faut de la fixte, & puis de trois *diezes* à 7 *diezes* par le faut de la tierce, (c'eft-à-dire, d'*ut* majeur en *utdieze* majeur par *mi* majeur ou par *la* majeur) ; 4°. par une marche partie naturelle & partie extraordinaire allant par faut d'*ut* en *la* 3 *diezes*, & paffant par le relatif inter- médiaire pour faire les 4 *diezes* qui reftent à produire pour arriver en *ut- dieze*.

D'*ut* on arrivera en *ré-bémol*; 1°. par gradation, en prenant le grand che- min & changeant 5 fois de ton fur la quarte ; 2°. en prenant le chemin naturel le plus court, changeant de mode pour avoir tout de fuite 3 *bémols*, & paffant

encore par un ton de 4 *bémols*, (c'eſt-à-
dire, d'*ut* naturel en *ré-bémol*, 5 *bémols*
par *ut* mineur & par *la-bémol* majeur ou
par *fa* mineur); 3°. par extraordinaire,
paſſant ſans tons intermédiaires du naturel
à 5 *bémols*, par le ſaut majeur d'un
demi-ton plus haut ; 4°. en interpoſant le
ton mineur d'*ut* pour avoir une marche
mixte, compoſée d'un pas naturel d'*ut*
en *ut* mineur, & d'un ſaut d'*ut* mineur
en *ré-bémol* (*n*).

(*n*) Prononçant ſur le *clavecin* les intonations
de ces chaînes de tons, on ſera peut-être
ſurpris d'entendre deux effets ſi diſtincts rendus
par la même conſonnance ; arrivé en *ré-bémol*,
on ſe croira être dans un tout autre Pays que
celui d'*ut-dieze* ; mais appercevant que les mêmes
touches rendent la conſonnance *ut-dieze mi-dieze
ſol-dieze* & la conſonnance *ré-bémol fa la-bémol*,
on ne ſera pas tenté de dire que les toniques *ut-
dieze* & *ré-bémol* ſont deux ſons réellement diſtincts ; on redoublera l'attention & on remar-
quera que les *diezes* hauſſent les ſons, qu'ils
augmentent à chaque changement dans la marche

D'*ut-dieze* 7 *diezes* on arrivera en *ut-bémol* sept *bémols* par *ut-dieze* mineur, *la-*majeur, *la* mineur, *fa* majeur, *fa* mineur, *ré-bémol* majeur & *si-bémol* mineur.

Le Lecteur qui a suivi les exemples précédens, verra bien que cette marche

---

d'*ut* à *ut - dieze* ; que les *bémols* baissent les sons, & qu'ils augmentent à chaque changement dans la marche d'*ut* à *ré-bémol* ; bientôt l'imagination mettra l'Observateur en route, cheminant dans le sentier des *diezes*, il s'élevera à chaque pas, & promenera ses regards dans un horison toujours croissant ; marchant dans le chemin des *bémols*, un abîme s'ouvrira sous ses pas ; arrivé en *ré-bémol*, il sera étonné de l'immensité profonde, tandis qu'il admirera en *ut-dieze* la clarté brillante & pure d'une étendue infinie.

Après ce double voyage l'Observateur ne cherchera plus en Musique une nouvelle cause pour chaque nouvel effet ; il soutiendra qu'un même son peut faire naître des sensations diverses, que la manière d'amener un ton prépare l'effet, que les tons intermédiaires dépaisent l'oreille & achevent l'illusion.

eſt

eft naturelle jufqu'au dernier pas qui eft
extraordinaire, le faut majeur d'un demi-
ton plus haut, il trouvera de lui-même
les tons intermédiaires des trois autres
manieres, & je crois que ces exemples
lui fuffifent pour arriver par 4 routes à
un ton quelconque, fur-tout s'il fe dit
chaque fois. — Le ton que je quitte a
dans fa gamme tant de *diezes* ou tant
de *bémols*; celui que je me propofe pour
but a dans fa gamme tant de *diezes* ou
tant de *bémols*; donc il faut que je
produife ou que j'efface tant dansma
marche —

73. Mêlant enfemble & répétant les
changemens ordinaires & extraordinaires
de tous les 5 points de l'article 63, on
peut multiplier & varier à l'infini les
exemples fur l'enchaînement des tons; le
labyrinthe des 24 tons eft immenfe,
allant tantôt par quarte, tantôt par quinte,
tantôt par détour, tantôt par changement
de mode, & tantôt par faut, on peut
s'y promener de mille manieres diverfes;

F

par exemple , on peut commencer &
dire un changement de chaque point ,
rompre enfuite les lignes droites , tantôt
par un détour, tantôt par un changement
de mode , & tantôt par un faut ; faire
après une marche avec le détour , changeant alternativement à l'aigu fur la feconde , & au grave fur la fixte ; mêler
à celle-ci le changement de mode & des
fauts , &c.

Marchant ainfi au hafard & fans deffein , on trouve quelquefois des combinaifons de tons très - heureufes ; faifant
une paufe dans chacun , & prononçant
fon intonation fur l'inftrument, on a une
chaîne de confonnances qui peut inté-
reffer l'oreille , quoiqu'indéterminée &
très-vague , fi on ordonne la baffe avec
les pofitions de l'harmonie , & fi on
anime un peu chaque intonation par la
mefure & par le mouvement.

74. Veut-on plus de fens dans la fuite
des confonnances , il faut ferrer le cercle
des tons & ne pas parcourir dans le même

exemple un si grand espace, ordonner les intonations analogues & voisines pour approcher la chaîne constructive des tons qui entrent dans la composition des morceaux usités en Musique ; bornant l'attention, on peut la captiver ; alors on peut persuader & séduire. On pourroit , *par exemple*, bien captiver l'oreille avec les intonations naturelles des tons majeurs d'*ut*, de *fa*, de *sol*, & avec celles des tons mineurs de *la*, de *ré* & de *mi*; toutes les six sont voisines & les plus analogues possibles , car toutes sont composées de notes naturelles & ne renferment que des sons d'une même gamme ; mais on ne maîtrise pas l'ame facilement avec une simple chaîne de consonnances , le génie seul pourroit indiquer comment il faudroit les ordonner. Chacun pourtant peut essayer, & fera très-bien s'il cherche tout simplement à plaire à l'oreille ; l'organe une fois charmé, le chemin du cœur est ouvert; alors le moindre mouvement suffit pour éveiller les passions ; celles-ci excirées & calmées à propos, on difpofe du fentiment.

75. Si le Lecteur eft mécontent de fa tentative, je vais lui donner du fecours, & s'il en étoit fatisfait, il ne fera peut-être pas fâché de l'abondance de biens.

1°. Des *6* tons analogues fpécifiés ci-deffus, le ton majeur d'*ut* en eft le principal; il domine fur les *5* autres, s'il concoure avec eux pour former une chaîne; car fi le ton de *fa* ou celui de *ré* dominoit, il y auroit un *bémol* dans la gamme; par conféquent, les confonnances *fol fi ré* & *mi fol fi* ne pourroient plus concourir pour la formation de la chaîne propofée; fi le ton de *fol* ou celui de *mi* dominoit, il y auroit un *dieze* dans la gamme, & par conféquent exclufion d'intonations des tons *fa* & *ré*. Si le ton *la* dominoit, il en faudroit une confonnance qui renfermât fa fenfible *fol-dieze* (art. 53.); mais fi le ton *ut* domine, les intonations des *5* autres peuvent coopérer à la même chaîne, fans altérer les fons de fa gamme.

Ut comme principal terminera le fens
muſical ; après les 5 autres tons analogues on placera les virgules , les points
& virgules & les deux points. La conſonnance d'*ut* eſt la ſeule qui puiſſe être
nommée *intonation* dans l'exemple des
conſonnances analogues ſpécifiées ; ter-
minant le ſens , elle figure pour le point;
celle de *ſol* ſera nommée conſonnance de
la quinte , & figurera pour un répos de
deux points , ſi elle termine une phraſe
ou une portion de ſens ; celles de *fa* &
de *la* ſeront les conſonnances de la quarte
& de la ſixte , & figureront pour des
repos du point & virgule , ou pour des
repos ſuſpenſifs , ſi elles terminent une
phraſe ; celles de *ré* & de *mi*, au lieu
d'être nommées intonations des détours
de ſeconde & de tierce , ſeront tout ſim-
plement nommées conſonnances de ſeconde & de tierce , & ne pourront figurer
que comme repos de virgule.

2.º La conſonnance de la quinte *ſol*
doit précéder immédiatement le repos;

final *ut mi fol*, car les changemens de tons peuvent être regardés comme des fatigues : or, fi les confonnances de la tierce *mi* ou de la fixte *la* précédoient, il n'y auroit qu'une note de changée (art. 55.), & par conféquent la fatigue feroit trop petite pour exiger un repos final. Si la confonnance de la feconde *ré* précédoit, toutes les 3 notes feroient changées felon le même article, & par conféquent la fatigue feroit trop grande pour amener un bon repos. Si au contraire la confonnance de la quinte *fol* précede, un fon eft confervé, & il y a une oppofition avec les deux principaux fons du repos; par conféquent la fatigue n'eft ni trop petite, ni trop grande, mais fuffifante pour amener le repos : c'eft peut-être par cette raifon que la quinte eft furnommée *dominante* en Mufique; quoi qu'il en foit, je dirai confonnance de dominante toutefois que la confonnance de quinte amene immédiatement le repos final. Si la confonnance de la quarte *fa*

précédoit, il n'y auroit également qu'un
seul son commun, mais ce seroit la tonique, le principal son du repos, & par
conséquent on n'auroit qu'une finale incomplette.

3°. La principale consonnance *ut mi
sol* n'est pas toujours repos final, quoiqu'amenée par la consonnance de la dominante *sol*, il faut de plus que la tonique *ut* termine la basse & qu'elle soit
amenée par la quinte *sol*, premiere note
de sa consonnance.

4°. Chaque consonnance analogue,
formant repos intermédiaire, peut être
amenée par les 4 autres & même par la
principale.

5°. L'intonation pour l'ordinaire commence & finit le sens musical; elle termine aussi la plupart des phrases intermédiaires & sépare souvent les autres.

6°. La derniere phrase du sens musical
n'est pas toujours simple; souvent la consonnance de la dominante *sol* est précé-

dée d'une, de deux, de trois & même
de toutes les quatre confonnances analogues pour amener le repos final dans une
double, triple, quadruple ou quintuple
phrafe; par fois l'intonation commence
& finit la derniere phrafe, & concoure
avec toutes les 5 confonnances analogues
pour ramener le repos final dans une
phrafe progreffive. Un exemple de chacune de ces efpèces de phrafes pourroit
peut-être encourager le Lecteur déja un
peu dégoûté de fes propres tentatives :
je vais tâcher de le ramener ; ayant un
fonds il hafardera davantage. J'indiquerai
les confonnances analogues avec leurs
premieres & principales notes, qui peuvent en même temps lui fervir de baffes;
s'il étoit tenté d'effayer ces phrafes fur
fon inftrument, il voudra bien fe charger
d'ordonner les pofitions des harmonies,
& embellir le tout avec une mefure.

Exemples de phrafes finales produites

*par les consonnances analogues à l'intonation du ton majeur d'*UT.

Sol, consonnance de
  dominante, } Phrase simple.
Ut, intonation.

Ré, conf. de seconde,
Sol, conf. de dominante, } Phrase double.
Ut, intonation.

La, conf. de la sixte,
Fa, conf. de la quarte,
Sol, conf. de dominante, } Phrase triple.
Ut, intonation.

La, conf. de sixte,
Fa, conf. de quarte,
Ré, conf. de seconde, } Phrase quadruple.
Sol, conf. de dominante,
Ut, intonation.

La, conf. de sixte,
Mi, conf. de tierce,
Fa, conf. de quarte; } Phrase quintuple.
Ré, conf. de seconde,
Sol, conf. de dominante,
Ut, intonation.

Ut, intonation,
Sol, conf. de quinte,
La, conf. de fixte,
Mi, conf. de tierce,
Fa, conf. de quarte;
Ré, conf. de feconde,
Sol, conf. de dominante,
Ut, intonation.

} Phrafe progreffive.

7°. Les phrafes intermédiaires peuvent auffi être compofées ou progreffives, à la volonté du Producteur.

8°. Les repos intermédiaires ont les mêmes nuances que le repos final; les confonnances qui les précedent & les amenent immédiatement, ont également une ou deux notes communes avec eux, ou bien elles demandent pour repos trois notes nouvelles. Le repos figure pour la moindre virgule, fi la confonnance analogue & appellante qui le précede, en eft éloignée d'une tierce; il figure pour 2 points, pour la virgule fufpenfive ou interrogative, fi elle en eft éloignée feulement

d'un *ton* ou d'un *demi-ton* ; & il fert
de point toutefois qu'elle en eft éloignée
d'une quarte qui eft la plus grande diftance d'une confonnance analogue à fon
repos, car la quinte à l'aigu eft la même
chofe que la quarte au grave, & la fixte
à l'aigu fe confond avec la tierce au
grave, &c. La marche de la baffe varie
encore ces nuances de repos ; les premieres notes des confonnances les augmentent; les fecondes & troifiemes notes
les affoibliffent ; ainfi on peut répéter
plufieurs fois la même phrafe, fans fati-
guer l'oreille : répétant, *par exemple*, 7
fois la phrafe fimple fpécifiée ci-deffus,
les nuances feront difparoître la mono-
tonie des continuelles *fol fi ré*, *ut mi*
fol, fi la baffe dit la premiere fois *ré*
mi, *ré ut* la feconde fois, *fa mi* la troifieme fois, *fi ut* la quatrieme fois, *fol mi*
la cinquieme fois, & *fol fol* la fixieme
fois, & *fol ut* la feptieme & derniere
fois.

9°. Mefurant la chaîne des confonnances analogues ; il faut commencer les
mefures avec les intonations & avec les
confonnances repos ; les temps en levant
font pour la fatigue. Faifant par fois
fuccéder quelques confonnances fans in-
tention de phrafe, il faut leur donner à
chacune la même durée de mefure ou
de temps.

76. Le Lecteur *Difciple* voudra fans
doute recommencer à préfent, & ordonner une feconde fois les 6 confonnances
analogues pour en faire un difcours. S'il
étoit curieux de favoir auparavant comment je les ordonne moi-même, il pourroit confulter l'exemple fuivant. La premiere colonne renferme la fuite des
baffes ; dans la feconde j'indique l'ordre
& la répétition des confonnances analogues. Je n'ai pas invoqué le génie, j'ai
feulement mis en exemples les notions de
l'article précédent.

Prononçant mon exemple fur l'inftru-

ment, le *Disciple* se rappellant les notions des articles 41, 42, 43, 44, 66,
67 & 68, peut exercer son goût & son
génie en ordonnant lui - même les positions des harmonies avec les basses, en
ajoutant la mesure & le mouvement : je
le prie seulement d'observer la ponctuation que j'ai mise à côté des notes de
basses.

Chaîne ordonnée des six consonnances
 analogues ut mi sol, ré fa la, mi sol
 si, fa la ut, sol si ré & la ut mi.

BASSES. NOMS DES CONSONNANCES.

Ut,... intonation, consonnance principale.
Sol,.. consonnance de quinte.
Ut;... cons. principale.
Sol:.. cons. de quinte.
La... cons. de quarte.
Sol,.. cons. principale.
Fa... cons. de seconde.
Mi,.. cons. principale.

BASSES. NOMS DES CONSONNANCES.

Ré... confonnance de quinte.

Ut,.. conf. principale.

Sol:.. conf. de quinte, *repos*.

Mi,.. conf. de la tierce.

Mi.. conf. de la fixte.

Mi,.. conf. de la tierce.

Fa... conf. de feconde.

Mi,.. conf. de fixte.

Fa... conf. de feconde.

Sol,.. conf. principale.

Sol... conf. de quinte.

La;... conf. de quarte, *repos fufpenfif*.

Si... conf. de quinte.

Ut,.. conf. principale.

Fa... conf. de quarte.

Sol.. conf. de dominante.

Ut.— conf. principale, *repos final*.

La,... conf. de fixte.

La... conf. de feconde.

La... conf. de fixte.

Sol,.. conf. de tierce.

Fa... conf. de feconde.

BASSES. NOMS DES CONSONNANCES.

Mi;.. confonnance principale.
Si . . . conf. de quinte.
Ut. . . conf. principale.
Sol:.. conf. de quinte, *repos.*
Ut. . . conf. principale.
Sol... conf. de quinte.
La... conf. de fixte.
Mi... conf. de tierce.
Fa... conf. de quarte.
Ut;.. conf. principale.
Ré.... conf. de feconde.
La,.. conf. de fixte.
La... conf. de feconde.
La... conf. de fixte.
Sol,.. conf. de tierce.
Fa.... conf. de feconde.
Mi,.. conf. principale.
Fa.... conf. de feconde.
Sol,.. conf. principale.
Sol... conf. de quinte.
La;.. conf. de fixte, *repos fufpenfif.*
Mi,.. conf. principale.

BASSES. NOMS DES CONSONNANCES.

Fa .... confonnance de feconde. .

Sol, .. conf. principale.

Sol ... conf. de dominante.

Ut.— conf. principale, *repos final.*

77. Les 6 tons fpécifiés (art. 74.) ne
font pas les feuls qui puiffent être ordonnés en chaîne conftructive ; chaque
ton peut être regardé comme principal ,
& chaque principal a fes analogues qui
font en général tous les tons dont l'intonation ne renferme que des fons de fa
gamme ; par conféquent, les analogues
d'un ton majeur font les changemens
naturels de fa feconde, de fa tierce, de
fa quarte, de fa quinte & de fa fixte,
c'eft-à-dire, les tons majeurs de fa quarte
& de fa quinte, avec les tons mineurs
de fa fixte, de fa tierce & de fa feconde.
Les analogues d'un ton mineur font également les changemens naturels de fa
tierce, de fa quarte, de fa quinte , de
                                        fa

fa fixte & de fa feptieme, c'eſt-à-dire, les tons mineurs de fa quarte & de fa quinte, avec les tons majeurs de fa tierce, de fa fixte & de fa feptieme.

Le ton majeur de la quinte eſt auffi un ton très-analogue aux tons mineurs, car l'exception de la note fenfible pour la feptieme eſt tellement ufitée aujourd'hui dans leurs gammes, qu'on peut la regarder comme une note effentielle au mode mineur ; la fenfible par exception précede toujours la tonique ou l'octave finale (art. 53.) ; donc la confonnance majeure de la quinte doit précéder immédiatement la confonnance principale dans les phrafes finales (art. 75.) ; parmi les confonnances analogues à une intonation mineure, c'eſt elle qui eſt nommée confonnance de dominante.

78. Les intonations analogues ne font pas toutes néceffaires pour former une chaîne conftructive, la confonnance de la dominante avec la principale fuffit pour faire un morceau ; la même phrafe

G

harmonique répétée pour différentes baſſes peut exprimer tous les repos néceſſaires pour compléter le ſens muſical. L'exemple ſuivant dicté comme le précédent en eſt une preuve...

Conſtruction des deux conſonnances analogues , la ut mi & mi ſol-dieʒe ſi ordonnées.

BASSES. NOMS DES CONSONNANCES.

La,.. intonation mineure de *la*.
Mi,.. conſonnance majeure de quinte.
La;.. conſ. principale.
Sol-d. conſ. majeure de la quinte.
La,.. conſ. principale.
Si... conſ. majeure de la quinte.
La,.. conſ. principale.
Sol-d. conſ. majeure de la quinte.
La,.. conſ. principale.
Mi:... conſ. de dominante.
Mi.. conſ. principale.
Mi.— conſ. de dominante, *repos*.
Ut;.. conſ. principale.

BASSES. NOMS DES CONSONNANCES.

Si... confonnance majeure de la quinte.
La,.. conf. principale.
Mi... conf. majeure de la quinte.
Ut,.. conf. principale.
Si... conf. majeure de la quinte.
La,.. conf. principale.
Sol-d.: conf. de dominante, *repos.*
Si... conf. majeure de la quinte.
Ut,.. conf. principale.
Si... conf. majeure de quinte.
Ut(o), conf. principale.
Si... conf. majeure de quinte.
La;.. conf. principale.
Mi.. conf. principale.
Mi.. conf. de dominante.
La.— conf. principal, *repos final.*

(o) Ici comme dans l'écriture de tout langage,
la virgule eft répétée ; elle fépare des mots &
des phrafes ; elle indique des repos différens,
fenfibles par fois & fouvent prefqu'impercepti-
bles, mais diftinguant toujours quelques parties

79. Ajoutant aux deux confonnances analogues de l'exemple précédent celle de la quarte, toutes les notes de la gamme peuvent entrer dans la marche de la baffe, & le fens en fera plus complet : voici un exemple, je l'écris toujours

du difcours ; les autres marques de la ponctuation, le point, le point & virgule avec les deux points fervent auffi plufieurs fois dans le même morceau ; chacun indique également des repos plus ou moins grands, felon qu'il termine des parties plus ou moins complettes. Je n'emploie que ces quatre fignes ; ils fuffifent pour éclaircir le fens de toute conftruction harmonique. Si on les altère pour multiplier les marques de la ponctuation dans l'écriture de la langue parlée, c'eft que l'expreffion de celle - ci eft plus articulée & plus déterminée que l'expreffion du langage des fons, le fens de la Mufique eft toujours un peu vague & générique ; les fons captivent tous les fens, agitent le cœur & l'ame, mettent toutes les paffions en mouvement ; l'imagination de l'Auditeur particularife & ajoute la parole qui feule peut développer les nuances & les gradations de nos facultés phyfiques & morales.

de la même maniere ; je choisis pour cette fois les intonations de *mi* mineur, de *la* mineur & de *si* majeur ; par conséquent la consonnance *mi sòl si* sera principale, *si ré-dieze fa-dieze* sera la consonnance de la dominante, & *la ut mi* sera consonnance de la quarte ; la baffe sera compofée des notes de la gamme mineure de *mi*.

Conftruction de trois confonnances analogues.

BASSES. NOMS DES CONSONNANCES.

Mi, .. intonation mineure de *mi*.

Mi ... confonnance de la quarte.

Mi, .. conf. principale.

Ré-d. .. conf. majeure de la quinte.

Mi, .. conf. principale.

La ... conf. de la quarte.

Mi, .. conf. principale.

Si ... conf. majeure de la quinte.

Mi, ... conf. principale.

Fa-d., conf. majeure de la quinte.

G iij

BASSES. NOMS DES CONSONNANCES.

Sol,.. confonnance principale.
La... conf. de la quarte.
Si:.. conf. de la dominante, *rep*
Sol,.. conf. principale.
La... conf. de la quarte.
Sol,.. conf. principale.
Fa-d. conf. majeure de la quinte.
Mi,.. conf. principale.
La... conf. de la quarte.
Si,.. conf. principale.
Si... conf. de la dominante.
Ut;.. conf. de la quarte, *fufpenfion.*
Ré-d. conf. majeure de la quinte.
Mi,.. conf. principale.
La... conf. de la quarte.
Si... conf. de la dominante.
Mi.— conf. principal, *repos final.*

80. L'intonation de la fixte concourt auffi très-fouvent avec les deux analogues de l'article (78); le fens que peut faire la confonnance principale amenée par

celle de la dominante, est plus complet, si la consonnance de la sixte sollicite auparavant le repos sur la dominante, & si elle suspend le repos final après la même dominante ; dans l'exemple suivant la consonnance de la sixte sollicite le repos sur la dominante, suspend le repos final, de plus elle concourt avec les consonnances de quarte & de dominante, pour appeller le repos final dans une triple phrase. L'intonation de *ré* mineur est principale ; les deux consonnances de la quinte, la majeure & la mineure sont employées.

Construction des consonnances analogues les plus usitées.

BASSES. NOMS DES CONSONNANCES.

Ré,... intonation mineure de *ré*.
Sol... consonnance de la quarte.
Ré,... cons. principale.
La... cons. majeure de la quinte.
Ré;... cons. principale.

Sol... confonnance de la quarte.

Fa,.. conf. principale.

Mi... conf. majeure de la quinte.

Ré,.. conf. principale.

Si-b.. conf. de la fixte.

Sol... conf. de la quarte.

La... conf. de dominante.

Ré.— conf principale, *repos*.

Ré,.. conf. principale.

Ré.... conf. de la quarte.

Ré.... conf. principale.

Ut-d.; conf. majeure de la quinte.

Ré.... conf. principale.

Ut.... conf. mineure de la quinte.

Si-b. conf. de la fixte.

La:.. conf. majeure de quinte, *repo*

Fa,.. conf. principale.

Mi.. conf. majeure de la quinte.

Ré.... conf. principale.

Sol;.. conf. de la quarte.

Ut-d. conf. majeure de la quinte.

Ré,.. conf. principale.

BASSES. NOMS DES CONSONNANCES.

Mi... confonnance majeure de la quinte.

Fa;.. conf. principale.

Sol... conf. de quarte.

La.... conf. principale.

La.... conf. de dominante.

Si-b.; conf. de la fixte, *fufpenfion.*

Sol. . conf. de la quarte.

La,.. conf. principale.

La... conf. de la dominante.

Ré.— conf. principale, *repos final.*

81. La conftruction de la chaîne des tons ordonnés n'eft pas toujours auffi fimple; la baffe ne chante pas toutefois la même gamme d'un but à l'autre; le même morceau peut avoir plufieurs intonations principales. Souvent après quelques mefures la première intonation change; des tons intermédiaires fe fuccedent, fe mêlent avec le premier; tantôt la premiere intonation termine le morceau, & tantôt un ton nouveau fait la clôture;

par-tout les confonnances analogues peuvent fe fuccèder, phrafer, & amener les
repos.

Dans l'exemple fuivant le même ton
commence & finit, c'eft le ton majeur
d'*ut*; les tons analogues *ré*, *mi*, *fa*, *fol*
& *la* deviennent tour à tour principales
intermédiaires ; le premier ton reparoît
de temps en temps, & avertit l'oreille
de l'intonation principale ; les tons intermédiaires font auffi répétés, treize confonnances font employées ; la premiere
& principale intonation *ut mi fol* devient
fixte & dominante ; la feconde *fol fi ré*
eft tour à tour dominante & principale
intermédiaire, elle fait auffi une fois
repos de tierce ; la confonnance *fa la*
ut ne figure qu'en *ut* & en *fa* ; *la ut mi*
eft employée comme fixte, comme quinte,
comme quarte & comme principale intermédiaire ; *ré fa la* eft tantôt confonnance
de feconde, tantôt confonnance de quarte,
& trois fois principale intermédiaire ; *mi*
fol fi eft d'abord principale intermédiaire,

long - temps après elle reparoît comme
confonnance de quinte & devient prefqu'auſſi - tôt principale intermédiaire ,
donnant le ton une feconde fois : puis
deux fois de fuite elle n'eſt plus que
confonnance de tierce ; *ré fa-dieze la , mi
fol-dieze fi, la ut-dieze mi & fi ré-dieze fa-
dieze* font les dominantes en *fol*, en *la* , en
ré & en *mi*; *fi ré fa-dieze* eſt confonnance
de quinte en *mi* ; *fi-bémol ré fa* comme
confonnance de quarte, décide le ton *fa* ;
enfin, la treizieme harmonie *fol fi-bémol
ré* eſt employée comme confonnance de
feconde en *fa*, & comme confonnance
de quarte en *ré*.

Pour cette fois je change un peu l'écriture de l'exemple ; je nomme les notes
des confonnances ; je marque les changemens des tons & les repos ; j'indique
la baſſe & un choix de poſitions ; le
Lecteur prononçant l'exemple ſur l'inſtrument n'eſt chargé que de la meſure & du
mouvement, & pour peu qu'il fe rappelle
les réflexions des articles, (67 & 68.) il

placera la baffe & les confonnances dans les octaves les plus propres à l'harmonie.

Chaîne ordonnée de 6 tons analogues conftruction de 13 confonnances.

BASSES. CONSONNANCES.

Ut... *mi fol* ut , intonation.

Sol,.. *ré fol fi.*

Ré.... *fa la ré,* feconde, ton intermédiaire.

La,.. *mi* la *ut.*

Mi... *fol fi* mi , tierce, ton intermédiaire.

Si... *Fa-d.* fi *ré.*

Ut... *mi fol* ut.

Sol;.. *ré fol fi ,* repos.

Fa.... *fa la ut.*

Mi,.. *mi fol* ut , principale.

Ré.... *ré fol fi.*

Ut,.. *mi fol* ut.

La... *ré fa-d. la.*

Sol.— *ré fol fi ,* quinte , ton intermédiaire.

Mi... *mi fol* ut , principale.

Fa,.. *fa la ut.*

Mi.. *mi fol* ut.

Fa;.. *fa la ut ,* repos fufpenfif.

Fa-d... *ré fa-d. la.*

Basses. Consonnances.

Sol, . ré ſol *ſi,* quinte, ton intermédiaire.
Fa-d.. ré *fa-d. la.*
Sol;.. ré ſol *ſi.*
Sol-d. mi *ſol-d. ſi.*
La,.. mi la *ut ,* ſixte, ton intermédiaire.
Sol-d. mi *ſol-d. ſi.*
La;.. mi la *ut.*
Si... ré ſol *ſi.*
Ut,... mi *ſol* ut , principale.
Fa... fa *la* ut.
Sol... ré ſol *ſi.*
Ut.— mi *ſol* ut , repos final.
La... ut-d. mi la.
La.... ré *fa la,* ſeconde , ton intermédiaire.
La:.. ut-d. mi la.
Sol.. ré ſol *ſi-b.*
Fa... ré *fa la.*
Mi.. ut-d. *mi* la.
Ré;.. ré *fa la,* repos.
Sol.. ſi ré ſol.
Sol... ut mi *ſol ,* principale.
Sol:.. ſi ré ſol.

BASSES. CONSONNANCES.

Fa.... *ut* fa *la*.

Mi.. ut *mi fol*.

Ré.... *fi* ré fol.

Ut.— ut *mi fol*, repos.

Mi.... mi *fol-d. fi.*

Mi... mi la *ut*, fixte, ton intermédiaire.

Mi... mi *fol-d. fi.*

Mi... mi la *ut*.

Ré;.. *fa la* ré, repos interrogatif.

Sol... ré fol *fi.*

Sol... mi *fol* ut, principale.

Sol... ré fol *fi.*

Sol... mi *fol* ut.

Sol:— ré fol *fi*, repos de dominante.

Ut... mi *fol* ut.

Ré... ré fol *fi.*

Mi... mi *fol* ut.

Fa... fa *la* ut.

Sol:.. ré fol *fi.*

Ré.... *fa la* ré, feconde, ton intermédiaire.

Mi... mi la *ut-d.*

Fa... fa *la* ré.

BASSES. CONSONNANCES.

Sol.. fol *fi-b.* ré.
La:.. *mi* la *ut-d.* dominante, repos.
La... *mi* la *ut*, fixte, ton intermédiaire.
Sol... mi *fol fi.*
Fa.... *fa la* ré.
Mi:.. mi *fol-d. fi* mi, dominante, repos.
Mi .. mi *fol fi*, tierce, ton intermédiaire.
Ré-d.. *ré-d. fa-d.* fi.
Mi... mi *fol fi.*
Ré.... ré *fa-d.* fi.
Ut;.. *mi* la ut, repos fufpenfif.
Ré... ré *fa* fi-b.
Ut,.. ut fa *la*, quarte, ton intermédiaire.
Si-b.. *ré* fol *fi-b.*
La,.. *ut* fa *la.*
Si-b.. *ré* fol *fi-b.*
Ut... ut *mi fol* ut.
Fa.— *fa la ut*, repos final.
Ré... *fa la* ré.
Ré... *ré* fol *fi.*
Mi,.. ut *mi fol* ut, principale.
Fa... fa *la ut.*

BASSES.   CONSONNANCES.

Fa . . . *fa la* ré.

Sol, . ré *fol fi.*

Sol. . mi *fol fi.*

La, . . mi la ut.

Si . . . ré *fol fi.*

Ut, . . mi *fol* ut.

Fa . . . *fa la* ré.

Sol . . . ré *fol fi.*

Ut. — ut mi *fol* ut , repos final.

Ut . . . . mi *fol* ut.

Sol, . . ré *fol fi.*

La . . . ut mi la.

Mi, . . *fi* mi *fol.*

Fa . . . la ut fa.

Ut, . . *fol* ut mi.

Sol . . . fol *fi* ré.

Ut. — mi fol ut , repos.

Dans cet exemple les deux premiers
changemens de tons sont prononcés tout
simplement par leurs intonations ; le premier retour est annoncé par la confonnance de fa quarte ; le changement fuivant

vant eft annoncé par la confonnance de fa dominante ; le deuxieme retour eft prononcé ; les deux changemens qui fuccedent font annoncés par la confon-nance de leur dominante ; le troifieme retour eft encore annoncé par la domi-nante ; le fecond changement fur la fe-conde, le quatrieme retour, le change-ment fur la fixte & le cinquieme retour font tous annoncés par la confonnance de leurs dominantes ; le troifieme chan-gement fur la feconde, ainfi que celui fur la fixte & fur la tierce qui fuivent, font prononcés par leurs intonations ; le changement fur la quarte eft déterminé par la confonnance de fa quarte, & le dernier retour eft amené dans une double phrafe.

La ponctuation du morceau eft marquée à côté des notes de baffe, comme dans les exemples précédens.

82. Les tons analogues ne font pas les feuls intermédiaires à une intonation premiere & principale ; le ton mineur de

H

la feptieme, fi le ton principal eft majeur,
& le ton mineur de la feconde, fi le
principal eft mineur avec le changement
de mode, font encore des tons intermédiaires affez fubordonnés, quoiqu'un peu
moins naturels que les analogues ; les
deux premiers ont toujours dans leurs
gammes deux *diezes* de plus que le ton
principal, & le changement de mode
augmente toujours de 3 *diezes* ou de
3 *bémols*, tandis que les gammes des
tons analogues n'ont qu'un feul *dieze* ou
qu'un feul *bémol* de plus que la gamme
principale : mais ces 3 changemens font
naturels & immédiats, ainfi que les tons
analogues. (art. 54 & 56.)

Avec ces tons intermédiaires, naturels
& fubordonnés au principal, on trouve
auffi des changemens extraordinaires, des
fauts ; fi ceux de la premiere efpèce font
fubordonnés à un ton intermédiaire, ceux
de la feconde efpèce étonnent davantage;
la plupart n'ont plus de rapports immédiats ni avec le principal, ni avec les
intermédiaires.

83. Les gammes intermédiaires étendent & arrondissent le champ de la
gamme principale ; leur secours est né-
cessaire pour développer & pour suivre
le sentiment dans ses gradations ; l'affec-
tion la plus légere produit des sensations
diverses ; un tout le plus simple est composé de parties très-distinctes, & la plus
grande variété orne la moindre partie. Les
tons intermédiaires subordonnés à un principal font donc des élémens essentiels à
la construction musicale, soit qu'on veuille
parler le langage des passions, ou qu'on
veuille imiter la nature physique pour
former des tableaux.

84. Tous les tons intermédiaires ne
font pas nécessaires à la construction d'un
seul morceau ; la gamme principale entre-
mêlée avec les gammes de la quinte, de
la sixte & de la quarte, offre un champ
très-fertile. Il y a des beaux morceaux
encore moins étendus ; nous avons même
des airs charmans qui ne font fondés que
sur une seule gamme : un ou deux chan-

H ij

gemens extraordinaires mêlés avec quelques intermédiaires naturels, pourroient
fuffire aux inflexions & aux gradations
de la paffion la plus fougueufe, ainfi
qu'au deffein du plus grand phénomene.

85. Le nombre & la qualité des tons
intermédiaires ne font pas indifférents,
le ton principal même n'eft pas arbitraire :
mais ce n'eft pas l'art qui peut les fixer;
fon affaire eft de familiarifer le Difciple
avec tous les intermédiaires & avec tous
les principaux. Le Compofiteur médite
fon fujet; quand il en eft pénétré, il
confulte fon fentiment, & écrit. S'il eft
infpiré par le génie & dirigé par le bon
goût, il donne la vraie intonation, &
n'emploie que les feuls intermédiaires néceffaires pour l'expreffion ou pour le
tableau du fujet.

86. Les exemples fuivans font du reffort
de l'art, il y a beaucoup de changemens;
Pour cette fois je n'écris que la baffe &
l'harmonie dans fon ordre naturel; le
Difciple les effayant fur l'inftrument,

choifira les pofitions & les octaves pour
chaque main : il plaquera fimplement les
confonnances avec les baffes, ou embel-
lira le tout avec mefure & mouvement,
obfervant les repos de ma ponctuation
toujours marqués à côté des notes de la
baffe.

Dans le premier exemple l'intonation
majeure de *mi-bémol* domine , tous les
changemens naturels font employés ; je
m'arrête dans les tons majeurs de *la-bémol*
& de *fi-bémol*, & dans les tons mineurs
d'*ut*, de *fa*, de *fol* , de *ré* & de *mi-bémol*:
par-tout je phrafe au moins avec deux
confonnances analogues. Le ton majeur
de *ré-bémol*, faut d'un ton plus bas, & le
ton majeur d'*ut*, faut de la fixte font auffi
intermédiaires ; l'intonation du premier
fufpend une phrafe en *ut* mineur avec lequel ton elle n'a point de rapport immé-
diat, mais la même confonnance eft analogue en *la-bémol* majeur , ton intermédiaire naturel & employé dans cet exemple ; l'intonation d'*ut* phrafe avec fes ana-

logues *fa la ut* & *sol si ré*, ces trois consonnances sont étrangeres au ton principal du morceau, mais elles succedent au ton mineur d'*ut*, & la plus importante devient aussi-tôt dominante en *fa* mineur pour ramener l'oreille à la subordination du ton *mi-bémol*.

Le second exemple est en *la* majeur, 12 tons intermédiaires sont enchaînés & subordonnés à 3 *dieies*; 5 changemens naturels sont mêlés avec 7 changemens extraordinaires; l'intonation *la ut-dieie mi* brille & domine au milieu de 17 consonnances.

L'intonation mineure de *ré* domine dans le troisieme exemple sur les consonnances majeures de *ré*, de *mi-bémol*, de *fa*, de *sol*, de *la*, de *si-bémol*, d'*ut*, & sur les consonnances mineures de *sol* & de *la* : la sixte, la quarte, la tierce & la septieme deviennent successivement toniques; la consonnance majeure de la quinte regne aussi un instant; elle parle toute seule, & avertit l'oreille du retour de *ré*; l'into-

nation de *mi-bémol* suspend une phrase
du ton principal.

Premier exemple.

BASSES. CONSONNANCES.

Mi-b,. *mi-b. sol si-b.* intonation principale.
Si-b.,. *si-b. ré fa.*
Mi-b., *mi-b. sol si-b.*
Ut... *ut mi-b. sol.*
Fa,.. *fa la-b. ut.*
Ré... *si-b. ré fa.*
Mi-b., *mi-b. sol si-b.*
La-b., *la-b. ut mi-b.*
Si-b.: *si-b. ré fa,* repos de dominante.
Mi-b., *mi-b. sol si-b.*
Mi-b.. *la-b. ut mi-b.*
Mi-b.. *mi-b. sol si-b.*
Ré,.. *si-b. ré fa.*
Ut... *ut mi-b. sol,* sixte, ton intermédiaire.
Ut... *fa la-b. ut.*
Ut... *ut mi-b. sol.*
Sol,.. *sol si ré.*
La-b.. *la-b. ut mi-b.* quarte, ton intermédiaire.

BASSES.   CONSONNANCES.

La-b.. ré-b. fa la-b.

La-b., la-b. ut mi-b.

Sol. . mi-b. fol fi-b.

La-b.. la-b. ut mi-b.

Mi-b.: mi-b. fol fi-b. repos de dominante.

Mi... ut mi fol.

Fa... fa la-b. ut, feconde, ton intermédiaire.

Sol... ut mi fol.

La-b., fa la-b. ut.

La... ré fa-d. la.

Si-b., fol fi-b. ré, tierce, ton intermédiaire.

La... la ut-d. mi.

Ré.— ré fa la, feptieme, ton intermédiaire, repos final.

Si-b., fi-b. réfa, quinte, ton intermédiaire.

Mi-b.. mi-b. fol fi-b.

Ré... fi-b. ré fa.

Ut... fa la ut.

Si-b.;. fi-b. ré fa.

La-b.. la-b. ut mi-b.

Sol,. mi-b. fol fi-b. principale.

Fa... fi-b. ré fa.

BASSES. CONSONNANCES.

Mi-b .. mi-b. *sol si-b.*

Si-b. :. *si-b. ré fa*, repos de dominante.

Sol.. *sol si ré.*

Sol.. *ut mi-b. sol*, sixte, ton intermédiaire.

Sol; . *sol si ré.*

Ut... *ut mi-b. sol.*

Ré... *sol si ré.*

Mi-b.. *ut mi-b. sol.*

Fa ; . *ré-b. fa la-b.* saut majeur d'un ton
                   plus bas, repos suspensif.

Sol. . *ut mi-b. sol.*

Sol. . *ut mi sol.*

La-b.; *fa la-b. ut*, seconde, ton intermédiaire.

Sol.. *ut mi-b. sol*, sixte, ton intermédiaire.

Sol: . *sol si ré*, repos de dominante.

Ut,.. *ut mi sol*, saut de sixte.

Fa... *fa la ut.*

Mi... *ut mi sol.*

Ré... *sol si ré.*

Ut,.. *ut mi sol.*

Ut... *fa la-b. ut*, seconde, ton intermédiaire.

Ut... *ut mi sol.*

BASSES.   CONSONNANCES.

Ut. . . *fa la-b. ut.*

Ut: . . *ut mi sol*, repos de dominante.

Ut-d. . *la ut-d. mi.*

Ré. . . *ré fa la* , septieme, ton intermédiaire.

Mi. . *la ut-d. mi.*

Fa, . . *ré fa la.*

Fa-d. . *ré fa-d. la.*

Sol, . . *sol si-b. ré*, tierce, ton intermédiaire.

Mi-b. . *ut mi-b. sol.*

Ré: . . *ré fa-d. la* , repos de dominante.

Sol. . *sol si-b. ré.*

Ré, . . *ré fa la.*

Mi-b. . *mi-b. sol si-b.* principale.

Si-b. . *si-b. ré fa.*

Ut: . . *ut mi-b. sol.*

Sol. . *sol si-b. ré.*

La-b.; *la-b. ut mi-b.* repos suspensif.

Si-b. . . *si-b. ré fa.*

Si-b. . . *mi-b. sol-b. si-b.* changement de mode.

Si-b. . . *si-b. ré fa.*

Si-b. . . *mi-b. sol-b. si-b.*

Si-b. . . *si-b. ré fa* , repos de dominante.

BASSES. CONSONNANCES.

Sol , . *mi-b fol fi-b.* principale.
La-b.. la-b ut mi-b.
Si-b.. fi-b. ré fa.
Ut ; . *ut mi-b. fol*, repos fufpenfif.
Sol . . *mi-b. fol fi-b.*
La-b... *la-b. ut mi-b.*
Si-b... *fi-b. ré fa.*
Mi-b.. — *mi-b. fol fi-b.* repos final.

Second exemple.

BASSES. CONSONNANCES.

La... *la ut-d. mi*, intonation principale.
Sol-d.. mi fol-d. fi.
La... *la ut-d. mi.*
Fa-d., . *ré fa-d. la.*
Sol-d.. mi fol-d. fi.
La , . *la ut-d. mi.*
Ré... *fi ré fa-d.*
Mi.. *mi fol-d. fi.*
La.— *la ut-d. mi*, repos final.
Ut-d.. la ut-d. mi.

BASSES. CONSONNANCES.

Si... mi sol-d. si.
La... la ut-d. mi.
Ré,.. ré fa-d. la.
Ut-d,. la ut-d. mi.
Si... mi sol-d. si.
La... la ut-d. mi.
Mi:.. mi sol-d. si, repos de quinte.
Ré-d.. si ré-d. fa-d.
Mi,. mi sol-d. si, quinte, ton intermédiaire.
Ut-d.. fa-d. la-d. ut-d.
Si.— si ré-d. fa-d. saut de seconde.
Sol-d.. mi sol-d. si, quinte, ton intermédiaire.
Fa-d... si ré-d. fa-d.
Mi.. mi sol-d. si.
La,.. la ut-d. mi.
Ré-d... si ré-d. fa-d.
Mi.. mi sol-d. si.
Fa-d... si ré-d. fa-d.
Sol-d., mi sol-d. si.
La... la ut-d. mi.
Si... mi sol-d. si.
Si... si ré-d. fa-d.

BASSES.   CONSONNANCES.

Mi.— *mi sol-d. si*, repos final.

Mi.. *mi sol si*, saut de quinte.

Ré,.. *si ré fa-d.*

Ut... *ut mi sol*, saut majeur de 3 demi-
tons plus haut.

Sol,. *sol si ré.*

La . . *la ut mi*, changement de mode.

Sol,. *mi sol si.*

Fa . . *ré fa la.*

Mi.— *mi sol-d. si*, repos de dominante.

Ut-d.. *la ut-d. mi*, principale.

Si... *mi sol-d. si.*

La,.. *la ut-d. mi.*

Ré... *si ré fa-d.* seconde, ton intermédiaire.

Ut-d.. *fa-d. la-d. ut-d.*

Si,.. *si ré fa-d.*

Mi.. *la ut-d. mi*, principale.

Fa-d.. *ré fa-d. la.*

Sol-d.; *mi sol-d. si.*

La... *fa-d. la ut-d.* sixte, ton intermédiaire.

Sol-d.. *ut-d. mi-d. sol-d.*

Fa-d.. *fa-d. la ut-d.*

BASSES. CONSONNANCES.

Ut-d.: *ut-d. mi-d. fol-d.* repos de dominante.

Ré,.. *ré fa-d. la*, quarte, ton intermédiaire.

Ré-d., *fi ré-d. fa-d.* faut de feconde.

Mi-d.. *ut-d. mi-d. fol-d.*

Fa-d., *fa-d. la ut-d.* fixte, ton intermédiaire.

Sol-d.. *mi fol-d. fi.*

La,.. *la ut-d. mi*, principale.

Ré... *fi ré fa-d.*

Mi... *mi fol-d. fi.*

La.— *la ut-d. mi*, repos final.

Ut... *la ut mi*, changement de mode.

Si... *mi fol-d. fi.*

La... *la ut mi.*

Ré,.. *ré fa la.*

Sol-d.. *mi fol-d. fi.*

La... *la ut mi.*

Si... *mi fol-d. fi.*

Ut,.. *la ut mi.*

Ré... *ré fa la.*

Mi.. *la ut mi.*

BASSES.   CONSONNANCES.

Mi . . mi ſol-d. ſi.

La.— la ut mi , repos final.

Fa,.. fa la ut, ſaut majeur de 2 tons
                        plus bas.

Mi,.. ut mi ſol.

Ré,.. ré fa la , ſaut de quarte.

Ut,.. la ut mi.

Si-b.; ſi-b. ré fa.

Mi-b.. mi-b. ſol ſi-b.

Ré,.. ſi-b. ré fa , ſaut majeur d'un demi-
                        ton plus haut.

Ut... fa la ut.

Si-b., ſi-b. ré fa.

Mi-b.. mi-b. ſol ſi-b.

Ré,.. ſi-b. ré fa.

Ut... fa la ut.

Si-b.; ſol ſi-b. ré.

La... ré fa-d. la.

Sol.— ſol ſi-b. ré , ſaut mineur d'un ton
                        plus bas.

Fa... ré fa la , ſaut de la quarte.

Mi.. la ut-d. mi.

BASSES.   CONSONNANCES.

Ré... ré fa la.

La:.. la ut-d. mi, repos de dominante.

Fa-d.. ré fa-d. la, quarte, ton intermédiaire.

Mi.. la ut-d. mi.

Ré... ré fa-d. la.

Sol;. fol fi ré.

Sol-d.. mi fol-d. fi.

La,.. la ut-d. mi, principale.

Si... mi fol-d. fi.

Ut-d., la ut-d. mi.

Ré... ré fa-d. la.

Mi.. la ut-d. mi.

Mi.. mi fol-d. fi.

Fa-d.; fa-d. la ut-d. repos fufpenfif.

Sol-d.. mi fol-d. fi.

La,.. la ut-d. mi.

Ré... fi ré fa-d.

Mi.. mi fol-d. fi.

La.— la ut-d. mi, repos final.

Troifieme

Troifieme exemple.

BASSES.   CONSONNANCES.

Ré,.. *ré fa la*, intonation principale.
Ré... *fol fi-b. ré.*
Ré... *ré fa la.*
Ut-d.: *la ut-d. mi*, repos de dominante.
Ut... *la ut mi.*
Ut... *fa la ut.*
Ré,.. *fi-b. ré fa*, fixte, ton intermédiaire.
Si-b., *fol fi-b. ré*, quarte, ton intermédiaire.
La... *ré fa-d. la.*
Sol.— *fol fi-b. ré.*
Mi.. *ut mi fol.*
Fa,.. *fa la ut*, tierce, ton intermédiaire.
Sol.. *ut mi fol.*
La,.. *fa la ut.*
Mi.. *ut mi fol.*
Fa,.. *fa la ut.*
Sol.. *ut mi fol.*
La .. *fa la ut.*
Si-b.; *fi-b. ré fa.*
Si... *fol fi ré.*

I

Basses. Consonnances.

Ut,.. *ut mi sol*, septieme, ton intermédiaire.

Ut-d.; *la ut-d. mi*, le majeur de la quinte,
                ton intermédiaire.

Ré,.. *ré fa la*, principale.

Mi.. *la ut-d. mi.*

Fa.. *ré fa la.*

Sol;. *mi-b. sol si-b.* saut majeur d'un
         demi-ton plus haut, repos suspensif.

La.. *ré fa la.*

La.. *la ut-d. mi.*

Ré.— *ré fa la*, repos final.

Le Lecteur arrivé à ces exemples par
l'étude des articles précédens, y verra
sans peine l'ordre & la marche des tons
& des harmonies enchaînés : il verra les
tons intermédiaires, & le retour du
principal tantôt annoncé, & tantôt tout
simplement prononcé : il verra les tons
quittés tantôt après la prononciation de
la consonnance principale, & tantôt après
une autre consonnance analogue *repos :*

il diftinguera les différens emplois de chaque confonnance , & fans nouveaux fecours , il pourra imiter l'analyfe que j'ai faite de l'exemple de l'article 81 , pour analyfer de même ces 3 morceaux.

87. Tout eft fubordonné dans la conf-truction des 8 derniers exemples : il y regne chaque fois un ton principal, qui commence & finit le morceau : tous les tons intermédiaires lui font fubordonnés. Les exemples des articles 76, 78, 79 & 80 commencent & finiffent chacun par une même confonnance qui domine fur toutes les confonnances analogues, enchaînées dans le même morceau ; ceux des articles 81 & 86 commencent & finiffent chacun par un même ton qui domine fur tous les intermédiaires du même morceau ; les intermédiaires font toujours ordonnés de maniere à ramener fouvent le principal à qui tout eft fub-ordonné : c'eft - là la conftruction de l'*Ariette.* Il y a d'autres morceaux en

Musique, où cette grande soumission ne
regne pas d'un but à l'autre, c'est la
construction du *récitatif* dans lequel,
pour l'ordinaire, un ton commence, &
un autre finit : les tons intermédiaires
y font aussi quelquefois enchaînés, fans
subordination ni au premier, ni au
dernier ton du morceau, fe fuccédant
tout fimplement par quarte, par quinte,
par détour, par changement de mode
& par faut. L'unité d'une intonation dominante ne peut plus avoir lieu, quand
plufieurs paffions diverfes, & fouvent
très - oppofées, agitent & déchirent le
cœur, pour y régner tour à tour. L'ame
livrée au fentiment par leurs combats &
par leurs victoires, eft bientôt efclave
du délire ; l'imagination s'exhalte & offre
aux fens mille fantômes divers ; les cris
de douleur, de terreur & de défefpoir
fortent du fond du cœur, fe fuccedent
fans ordre, fans liaifon, & fe confon-
dent avec les accens déréglés de joie &

de plaifir. .. Il faut du mouvement & du défordre parmi les intonations inter- médiaires , pour fuivre ce langage vio- lent , tumultueux , & pour faire naître de pareilles fenfations dans l'ame de l'Auditeur : mais ici , comme pour la conftruction de l'*Ariette* , c'eft au génie exercé dans les principes de l'Art , & dirigé par le bon goût , à démêler le premier & le dernier ton pour chaque fituation : lui feul connoît le nombre & la qualité des tons intermédiaires , tant du *récitatif* que de l'*Ariette*.

88. Pour remplir ma tâche , je vais donner quelques exemples fur l'enchaî- nement des tons de la conftruction du *récitatif*; j'y mettrai beaucoup de tons intermédiaires ; je m'y arrêterai peu; je changerai de tons fouvent. En les répé- tant quelquefois , le Difciple pourra fe familiarifer avec la marche de tous les *récitatifs* poffibles.

I iij

Premier exemple.

Conſtruction de Récitatif.

BASSES. CONSONNANCES.

Ut,.. *ut mi ſol*, premier ton.

Ré. . *ré fa-d. la.*

Sol.— *ſol ſi ré*, ligne de quinte, ton intermédiaire.

Sol,.. *ſol ſi-b. ré*, changement de mode.

Mi. . *ut mi ſol.*

Fa,.. *fa la ut*, détour ſur la ſeptieme.

Mi. . *la ut-d. mi.*

Ré.. *ré fa la*, détour ſur la ſixte.

Si-b.; *ſi-b. ré fa*, détour ſur la ſixte.

Si .. *ſol ſi ré.*

Ut,.. *ut mi-b. ſol*, détour ſur la ſeconde.

Ré... *ré fa-d. la.*

Sol.— *ſol ſi-b. ré*, ligne de quinte.

Mi-b.; *mi-b. ſol ſi-b.* détour ſur la ſixte.

Ré-b.; *ré-b. fa la-b.* ſaut majeur d'un ton plus bas.

Ut,.. *ut mi ſol*, ſaut de ſeptieme.

Basses. Consonnances.

Ut... *fa la-b. ut* , faut de quarte , dernier ton.

Ut.— *ut mi fol,* repos de dominante.

Dans cet exemple , nul ton domine fur tout le morceau : j'explique les tons intermédiaires , fuivant les 5 points de l'article 63., rapportant chaque change‑ment au ton qui le précede.

La même confonnance commence & & finit ce morceau ; mais au commen‑cement elle eft confonnance principale , & à la fin elle ne figure que comme confonnance de dominante : le premier ton eft *ut* majeur, & le dernier ton eft *fa* mineur. La feconde confonnance *ré fa-dieze la* ne figure pas comme into‑nation du ton *ré* ; comme confonnance de dominante , elle annonce le ton *fol.* Le changement de mode eft tout uni‑ment prononcé. Le détour fur la fep‑tieme, qui lui fuccede , eft annoncé par la confonnance de fa dominante. La confonnance *la ut-dieze mi*, qui fuccede, eft encore l'annonce du fuivant ton *ré*. Le ton *fi-bémol* majeur, fecond détour fur la fixte, eft prononcé par fa confonnance principale *fi - bémol ré fa*; ce ton n'eft point fubordonné ni au premier ton *ut* majeur, ni au dernier ton *fa* mineur. La dixieme confonnance *fol fi ré* ne fonne encore que comme confonnance de dominante, & annonce la confonnance *ut mi-bémol fol*. Le ton fuivant eft encore annoncé, c'eft le ton mineur de *fol*; il fait ligne de quinte avec le précédent, faut de quinte avec le premier ton, & détour fur la feconde avec le dernier ton du morceau. Les 3 confonnances qui fuivent, ne font plus analogues, ce font autant d'intonations féparées : les tons majeurs de *mi-bémol*, de *ré-bémol* & d'*ut* fe fuccedent rapidement, & vont par faut; mais tous les trois font fubordonnés au dernier ton *fa* mineur; le premier comme changement

fur la feptieme, le fecond comme changement fur la fixte , & le troifieme
comme changement fur la quinte , qui
eft en même temps une reparition du
premier ton. La confonnance principale
du dernier ton fuccede à cette marche
extraordinaire , diminue fa rudeffe , &
remet l'oreille égarée... La dominante
termine le morceau : c'eft ainfi que finiffent la plupart des *récitatifs*.

Deuxieme exemple.

Conftruction de Récitatif.

BASSES. CONSONNANCES.

Sol-d.. mi fol-d. fi , dominante.
La,.. la ut mi, premier ton.
Si... fol fi ré.
Ut.— ut mi fol, détour fur la tierce.
Mi... ut mi fol, dominante.
Fa,.. fa la ut, ligne de quarte.
Fa-d.. ré fa-d. la.
Sol,.. fol fi ré , faut de feconde.

BASSES.   CONSONNANCES.

Ré-d.. ſi ré-d. fa-d.

Mi,.. mi ſol ſi , détour ſur la ſixte.

Ut... la ut mi.

Si.— ſi ré-d. fa-d repos de quinte.

Sol,.. ſol ſi ré , détour ſur la tierce.

Sol... ut mi ſol.

La... ré fa-d. la.

Si;... ſol ſi ré.

Ut... la ut mi.

Re:.. ré fa-d. la , repos de quinte.

Sol,.. ſol ſi-b. ré , changement de mode.

Ré,.. ré fa la , ligne de quinte.

Mi-b.; mi-b. ſol ſi-b. ſaut majeur d'un
demi-ton plus haut.

Fa,.. fa la-b. ut , détour ſur la ſeconde.

Ut,.. ut mi ſol , majeur de la quinte.

Ré-b.; ré-b. fa la-b. ſaut majeur d'un
demi-ton plus haut.

Si-b.. ſi-b. ré-b. fa.

La-b., fa la-b. ut , détour ſur la tierce.

Sol... ut mi ſol.

Fa.— fa la-b. ut.

BASSES. CONSONNANCES.

Fa;.. *fa la ut* , changement de mode.
Fa-d.; *ré fa-d. la* , faut de fixte.
Fa-d.. *fi ré-d. fa-d.*
Sol;.. *mi fol fi* , détour fur la feconde.
Sol-d.. *mi fol-d. fi.*
La;.. *la ut mi* , ligne de quarte.
La;.. *la ut-d. mi* , changement de mode.
Si... *fi ré-d. fa-d.* dominante.
Mi.— *mi fol-d. fi* , ligne de quinte ,
    dernier ton.

C'eft encore une même confonnance qui commence & finit cette feconde conf-truction : mais ici elle eft dominante au commencement , & principale à la fin ; c'étoit le contraire dans le premier exem-ple. Le premier ton eft *la* mineur , & le morceau finit en *mi* majeur. La troi-fieme confonnance *fol fi ré* eft domi-nante , & annonce le premier ton inter-médiaire. Le fecond , le troifieme & le quatrieme ton intermédiaire font auffi

annoncés, chacun par fa dominante. Je
m'arrête un peu dans le quatrieme ton
intermédiaire *mi* mineur, où je phrafe
avec les confonnances analogues *la ut mi*
& *fi ré-dieze fa-dieze.* Je prononce le
ton *fol*, cinquieme intermédiaire ; je m'y
arrête, & je phrafe d'abord avec les
analogues *ut mi fol*, *ré fa-dieze la* &
fol fi ré, enfuite avec les confonnances
de feconde & de quinte. Je quitte ce ton
fol après le repos fur la quinte, & je
prononce de fuite 6 tons intermédiaires,
dont quatre ne font plus fubordonnés ni
au premier, ni au dernier ton du morceau. Après cette longue fuite de prononciations, je m'arrête en *fa* mineur, douzieme intermédiaire, que j'annonce avec
la confonnance de fa quarte : la confonnance *ut mi fol* qui fuit, eft dominante,
& rappelle encore une fois le même ton
fa mineur. J'abandonne les *bémols* ; pour
treizieme ton intermédiaire, je change de
mode ; & pour arriver plus vîte au dernier
ton, je faute fur la fixte *ré* : j'annonce

le quinzieme ton intermédiaire avec la consonnance de sa dominante ; pour seixieme intermédiaire, je rappelle le premier ton ; je prononce le dix-septieme, & je finis par une phrase qui annonce le dernier ton *mi* majeur.

Troisieme exemple.

Construction de Récitatif.

BASSES. CONSONNANCES.

Ut,.. *ut mi-b. sol,* premier ton.
Si,.. *sol si ré,* majeur de la quinte.
Si-b.; *sol si-b. ré,* changement de mode.
La... *la ut-d. mi.*
La;.. *ré fa la,* ligne de quinte.
Si .. *sol si ré.*
Ut.— *ut mi sol,* détour sur la septieme.
Ut,.. *fa la ut,* ligne de quarte.
Ut,.. *fa la-b. ut,* changement de mode.
Ré-b.; *si-b. ré b. fa,* ligne de quarte.
Ré,.. *si-b. ré fa,* changement de mode.
Ré,.. *sol si-b. ré,* détour sur la sixte.

BASSES.   CONSONNANCES.

Mi-b.; *mi-b. fol fi-b.* détour fur la fixte.

Mi-b., *ut mi-b. fol*, détour fur la fixte.

Mi... *ut mi fol*, dominante.

Fa ;.. *fa la-b. ut*, ligne de quarte.

Sol... *mi-b. fol fi-b.* dominante.

La-b.- *la-b. ut mi-b.* détour fur la tierce.

La-b.. *ré-b. fa la-b.*

La-b., *la-b. ut mi-b.*

Sol... *ut mi fol*, dominante.

Fa.— *fa la-b. ut*, détour fur la fixte.

Ré. ...*ré fa-d. la*, dominante.

Ré, ... *fol fi-b. ré*, détour fur la feconde.

Mi-b.. *ut mi-b. fol*, ligne de quarte.

Ré: .. *fol fi ré*, repos de quinte.

Ré-b.. *fi-b. ré-b. fa*, faut de feptieme.

Ut;.. *fa la ut*, dominante.

Si-b.. *mi-b. fol-b. fi-b.* ligne de quarte.

Si-b.: *fi-b. ré fa*, repos de dominante.

Ce morceau commence en *ut* mineur,
& finit en *mi - bémol* mineur ; les tons
intermédiaires vont rapidement, ils fe
fuccedent dans l'ordre fuivant......

Sol majeur & mineur, *ré* mineur, *ut* majeur, *fa* majeur & mineur, *si-bémol* mineur & majeur : *sol* mineur pour une seconde fois, *mi-bémol* majeur, un retour du premier ton ; *fa* mineur pour une seconde fois, *la-bémol* majeur & encore une fois *fa* mineur ; *sol* mineur pour une troisieme fois, seconde reparition du premier ton ; enfin, une seconde fois *si-bémol* mineur.

Six de ces tons sont annoncés par leur dominante : tous les autres tons du morceau sont tout simplement prononcés ; la consonnance *ré - bémol fa la - bémol* arrête un peu l'oreille en *la-bémol*. La basse pour cette fois va gravement : elle marche *chromatiquement* : ses pas sont petits : le plus souvent, elle ne franchit qu'un degré de demi-ton, pour monter ou pour descendre sur un unisson d'une des trois notes de l'harmonie suivante ; la plus proche des trois a toutefois la préférence ; les secondes & les troisiemes notes des consonnances figurent plus à la baffe, dans cet exemple, que les premieres.

89. Prononçant ces exemples fur l'inftrument, le Lecteur voudra bien fe rappeller les notions des articles 66, 67 & 68, & ordonner les pofitions des harmonies avec les baffes données. Après avoir plaqué les notes des confonnances, on peut recommencer & les harpégier, obfervant toutefois les repos de la ponctuation marquée à côté des notes de baffes; car une virgule omife, ou une virgule de plus changeroit très - fouvent le fens harmonique. La confonnance d'*ut*, *par exemple*, qui commence le premier exemple, ne feroit plus principale, fi la virgule qui la fépare de la confonnance de *ré* étoit omife; fans virgule, elle feroit une analogue du ton fuivant, figureroit comme confonnance de quarte, & feroit avec la feconde confonnance une double phrafe en *fol*. La confonnance majeur de *mi*, qui commence le fecond exemple, affectée d'une virgule, feroit principale,

principale, intonation & non pas dominante. La virgule qui suit la premiere
consonnance du troisieme exemple, influe
sur la seconde consonnance, & la rend
principale, l'intonation d'un ton nouveau;
sans cette virgule, elle ne pourroit sonner
que comme dominante.

Si la suite de ces harmonies plaquées
ou harpégiées inspire au Lecteur du chant,
il peut se livrer à son imagination, consulter le sentiment, & suivre les mouvemens de son cœur agité; les consonnances
répétées, mesurées, & embellies suivant les
art. 40, 41, 42, 43 & 44, ont un pouvoir
très-étendu. La nature physique & morale
leur est soumise : l'opposition, le contraste
que font dans la construction les consonnances analogues avec la consonnance
principale, expriment assez bien le mouvement & le repos, la qualité affirmée
au sujet..... Les changemens d'intonation
rendent exactement les gradations qu'ap-
perçoivent les sens, & que le sentiment
confirme.... L'homme de génie, qui

K

voudra fe familiarifer avec la marche des
confonnances , développée dans les 88
premiers articles de *cet Effai* , prouvera
un jour mon opinion avec des chefs-
d'œuvre de Mufique. En attendant, le
Difciple infpiré lifant ou prononçant
fur l'inftrument mes exemples de confonnances , pourra , à fa guife , altérer
mes conftructions, tant pour la chaîne
des tons , que pour la fuite des harmonies ; il fera toujours dans les routes
que je lui ai tracées , fupérieur fouvent,
mais jamais contraire à l'art.

90. Cette maniere d'ordonner les tons ,
& de conftruire la chaîne des confonnances , eft commune à toutes les Mufi-
ques. Les différens morceaux ne font
diftingués que par le plus ou par le moins
de changemens , felon que les fituations
font plus ou moins animées.

Quelques-uns de mes Lecteurs pourroient m'arrêter ici , & d'après mon *To-*
lérantifme Mufical , me demander la
différence des conftructions Allemandes,

Françoifes & Italiennes. Je leur dirois qu'il n'y a pas encore affez de morceaux de Mufique, fondés fur une fimple chaîne de confonnances, pour pouvoir les fatis-faire, car je ne crois pas qu'on puiffe m'en citer beaucoup avec le petit échan-tillon que j'ai inféré dans le Journal de Paris, du 19 Octobre 1778, à moins qu'on veuille déja compter pour quelque chofe les conftructions de confonnances, N°⁵. 18 & 19 des exemples de mon *Traité de Mufique*......... Cependant, vu la différence des langues, des geftes & des manieres d'être des trois Peuples en queftion, on pourroit prétendre que le changement fur la quarte & fur la quinte doit être fréquent chez les Ita-liens ; que le changement fur la tierce & fur la fixte doit dominer chez les François ; & que le changement fur la feconde & fur la feptieme avec des fauts doit caractérifer la conftruction harmo-nique des Allemands.... Si la marche des tons & la chaîne des harmonies font en

Mufique des qualités effentielles & générales, fi leur différence eft peu fenfible
d'un pays à l'autre, celle de la mélodie
eft plus marquée. C'eft principalement
dans le chant qu'il faut chercher les qualités différentielles de chaque Mufique :
écoutez les *Virtuofes*, lifez les Compofiteurs des trois Nations ; on compofe
& on chante aujourd'hui à l'Allemande,
à la Françoife & à l'Italienne.

Les opinions de mon *Tolérantifme
Mufical* ne font pas fondées fur une
différence totale de la Mufique d'un
Peuple à l'autre ; la diverfité des langues
eft réelle, quoiqu'il y ait bien des chofes
communes dans leur conftruction.

NOUVEL ESSAI

SUR L'HARMONIE.

DES DISSONANCES ET DE LEUR EMPLOI.

Nature, efpeces & étendue des diffo-
nances ; leur fucceffion, furprifes &
tranfitions enharmoniques ; ufage des
diffonances dans la chaîne des tons ;
dans la phrafe, dans la période &
dans le difcours harmonique, dans la
conftruction de l'Ariette & dans la
conftruction du Récitatif.

91. LES fons qui répondent dans la
gamme aux nombres 7, 2, 4 & 6, font
conjoints avec les principaux fons du
ton ; ils diffonent avec les fons de la

nature, dont l'oreille eſt toujours préoc-
cupée ; leur enſemble fait une harmonie
diſſonante , c'eſt le plus grand écart de
la nature : elle peine, elle fatigue l'oreille ,
& lui fait déſirer le retour du repos de
l'harmonie conſonnante de la nature.

Je nommerai ſons *appels* les ſons diſſo-
nans de la gamme.

Si , *ré* , *fa* & *la* ſont les ſons *appels*
de la gamme majeure d'*ut*. Le *ſi* & le
ré ſont les plus forts *appels* du ton ; ils
rappellent la tonique *ut*. *Fa* & *la* en
ſont les plus foibles ; ils rappellent la
quinte *ſol*. *Ré* & *fa* ſont les moyens
appels ; ils rappellent le retour de la tierce
mi. *Si* & *la* ſont les deux extrêmes des
ſons *appels*. Le *ſi* eſt le principal ſon
des *appels*, c'eſt le plus fort, la ſenſible
du ton ; il appelle la tonique ou ſon
octave *chromatiquement* & avec énergie,
il exige ſon retour. Le *la* eſt le plus
foible *appel*, il ne rappelle que la quinte
de la gamme. Le *ré* & le *fa* rappellent
chacun deux ſons de la nature. Le *fa* ou

la quarte de la gamme, eſt le plus preſſant des moyens *appels*; il exige le retour de la tierce *mi*, (ſecond ſon de la nature dans la gamme) avec autant d'énergie, que le fort ou la ſenſible *ſi* rappelle la tonique *ut*.

L'enſemble, l'harmonie ou la diſſonance des *appels ſi, ré, fa, la*, peut auſſi être nommée harmonie diſſonante, ou diſſonance de la ſenſible *ſi*, (principal des *appels* en *ut*) comme la conſonnance des ſons de la nature *ut, mi, ſol*, eſt appellée conſonnance de la tonique *ut*, (principal des ſons de la nature en *ut*).

La diſſonance de la ſenſible, *ſi ré fa la*, eſt doublement diſſonante; diſſonante dans la gamme, par rapport à l'intonation des ſons de la nature *ut, mi, ſol*; & diſſonante en elle-même, à cauſe de la conjonction de la derniere note *la* avec la replique ou l'uniſſon de ſa principale note *ſi*.

92. *Sol* ou *ſol-dieze, ſi, ré* & *fa* ſont

les fons *appels* de la gamme mineure de
la. Par le moyen de l'exception ufitée
pour la feptieme note de la gamme des
tons mineurs, chacun des trois fons de leur
principale confonnance eft appellé *chromatiquement* ; dans notre ton, la tonique
la par le premier *appel*, ou par la fenfible
fol-die*e ; la tierce *ut* par le fecond *appel*
fi ; & la quinte *mi* par le quatrieme *appel*
fa.

Le troifieme *appel*, ou la quarte de
la gamme des tons mineurs, eft auffi très-
fouvent altéré dans nos bonnes compofitions : on l'approche de la quinte, pour
pouvoir l'appeller *chromatiquement* des
deux côtés, à l'aigu & au grave. Dans
notre ton *la*, on dit fouvent *fa* Mi, *ré-
die*e* Mi, au lieu de dire *fa* Mi, *ré* Mi.
Les fons *appels* ainfi rapprochés des fons
de la nature, les appellent plus mollement
& plus fenfiblement (*p*).

_____

(*p*) Ici je prends les fons de la gamme tels
qu'ils exiftent, & tels qu'ils entrent dans la

L'enfemble , l'harmonie ou la diffo-
nance des *appels fol-dieze* , *fi* , *ré* , *fa* ,
fuivant les notions de l'article précédent,
eft encore nommée , en mineur de *la* ,
harmonie diffonante de la fenfible *fol-
dieze*, ou diffonance mineure de la fenfible *fol-dieze*.

93. L'harmonie des *appels* en mineur
avec l'exception ne paroît pas diffonante
en elle-même ; il n'y a nulle conjonction
apparente parmi les fons *fol-dieze* , *fi* ,
ré , *fa*. La derniere note *fa* , fuivant
l'ordre de la gamme, touche, à la vérité,
l'uniffon ou l'octave de la premiere note
fol-dieze : mais le fon *fa* eft féparé d'un

---

compofition de tout morceau de Mufique ; dans
le difcours théorique de mon *Traité de Mufique* , je remonte à l'origine des fons de l'octave,
j'indique les fons donnés par la nature , & je
fais voir que tous les autres ont dû être inter-
callés comme fons *appels*, pour faire valoir les
fons primitifs de la nature par des continuels
écarts qui diffonent, qui fatiguent , & par des
continuels retours qui confonnent & qui repofent.

intervalle de ton & demi du fon *fol-dieze* qui fuit immédiatement à l'aigu : elle eft pourtant diffonante, & même plus diffonante que l'harmonie des *appels* en majeur ; c'eft fans doute parce que ces quatre fons font rapprochés autant qu'il eft poffible : le plus petit intervalle. harmonique fépare chacun de fon voifin , tandis qu'on trouve dans la diffonance des *appels* en majeur les principaux intervalles harmoniques , les intervalles les plus confonnans : les fons de l'harmonie *fi ré fa la* , (diffonance de fenfible en majeur d'*ut*) font féparés par l'intervalle de tierce majeure du *fa* au *la* , & par l'intervalle de quinte du *ré* au *la*.

La diffonance mineure de la fenfible diffone auffi plus fortement dans la gamme, étant *chromatiquement* (par intervalle de demi - ton) conjointe avec chacun des trois principaux fons, tandis que la diffonance des *appels* en majeur n'eft *chromatiquement* conjointe qu'avec la tonique & avec la tierce, & feulement *diatoniquement* avec la dominante ou avec la quinte ; l'intervalle de ton entier la fépare de chacun de fes deux *appels*.

94. Examinant & comparant la confonnance *ut mi fol* (harmonie des principaux fons de la gamme, des fons de la nature), & la diffonance *fi ré fa la* (harmonie des *appels* de la gamme), on voit que l'ordre des notes de l'harmonie eft alternatif ; une note de la gamme eft chaque fois omife dans les deux harmonies ; un *appel* fépare deux fons naturels, & un fon naturel fépare deux *appels*; aifément on apperçoit deux ordres naturels pour les fons de l'harmonie...

1, 3, 5.

Ordre naturel des fons de l'harmonie confonnante, en montant l'octave, & en fuivant toujours le rang naturel des notes de la gamme : &....

1, 3, 5, 7.

Ordre naturel des fons de l'harmonie diffonante, en montant l'octave, & en suivant également le rang naturel des notes de la gamme.

95. L'harmonie des *appels* est le plus grand écart de la nature : tous les sons naturels sont abandonnés : tous les *appels* parlent à la fois, annoncent le ton , & exigent le retour de l'harmonie de la nature. La dissonance peine , fait désirer: la consonnance sollicitée repose l'oreille , & termine la phrase musicale. Nous avons vu dans la seconde partie , que les consonnances analogues phrasent aussi avec la principale ; celle de la quinte annonce très-souvent le ton dans nos constructions de consonnances. Voulons-nous augmenter leur sollicitation, ajoutons à chacune à l'aigu une quatrieme note de la gamme d'une tierce plus élevée que celle qui répond dans la consonnance au nombre 5 , & nous aurons chaque fois une harmonie dissonante ? En *ut ,* la consonnance de la quinte ou de dominante *sol si ré ,* sera changée en la dissonance de dominante *sol si ré fa :* je dis dissonance de

dominante , parce que la quinte ou la dominante *fol* eft la premiere & principale note de cette harmonie ; commençant par elle , on a la fuite 1, 3, 5, 7, qui eft l'ordre naturel des notes de la diffonance , comme nous venons de le voir.

Cette nouvelle harmonie eft auffi doublement diffonante ; elle renferme les 3 premiers ou les trois forts *appels* de la gamme , & fa derniere note *fa* eft conjointe avec l'uniffon de fa premiere note *fol*.

L'addition de la quatrieme note changera les autres confonnances analogues à l'intonation *ut mi fol*, en autant de diffonances ; & obfervant toujours la même gamme , nous aurons......

Ré fa la ut,.. diffonance de feconde.
Mi fol fi ré,.. diffonance de la tierce.
Fa la ut mi,.. diffonance de la quarte.
La ut mi fol,.. diffonance de la fixte.

Ajoutant pareillement une quatrieme

note à la confonnance principale , nous aurons auffi une diffonance de tonique *ut mi fol fi.*

Toutes les nouvelles harmonies font diffonantes en elles-mêmes. La derniere note de chacune eft conjointe avec l'uniffon ou avec l'octave de fa premiere note. Toutes font diffonantes par rapport à la gamme. La diffonance de feconde renferme les trois derniers ou les trois foibles *appels* ; la diffonance de la tierce renferme les deux forts *appels* (les *appels* de la tonique) ; la diffonance de la quarte renferme les deux foibles *appels* (les *appels* de la quinte) ; la diffonance de la tonique renferme le fort *appel* (la fenfible); la diffonance de la fixte renferme le foible *appel* (la fixt e).

96. Opérant l'addition de l'article précédent fur les confonnances analogues de la gamme mineure de *la*, nous aurons...

La ut mi fol,.. diffonance de tonique.
Ut mi fol fi,.. diffonance de la tierce.

Ré fa la ut,.. diſſonance de la quarte.

Mi ſol ſi ré ,.. diſſonance de la quinte.

Mi ſol dieze ſi ré , diſſonance de dominante.

Fa la ut mi ,.. diſſonance de la ſixte.

Sol ſi ré fa ,.. diſſonance de la ſeptieme.

Imitant l'harmonie des *appels*, on a
auſſi.. . .

Si ré fa la ,.. diſſonance de ſeconde.

Uſant par – tout de l'exception , &
mettant la ſenſible *ſol-dieze* en place de
la ſeptieme *ſol*, on a encore.. . .

La ut mi ſol-dieze, diſſonance de tonique.

Ut mi ſol-dieze ſi, diſſonance de la tierce.

97. Nombrant , examinant & comparant toutes ces harmonies diſſonantes ,
on peut déduire les corrolaires ſuivants....

1°. Chaque note de la gamme eſt
premiere & principale note d'une diſſonance , tant en mineur qu'en majeur.

2°. La tonique, la tierce & la quinte
ont en mineur chacune deux diſſonances.

3°. On peut produire ſept harmonies

diſſonantes dans chaque ton , avec les ſeules notes de la gamme.

4°. On peut produire onze harmonies diſſonantes dans les tons mineurs , en employant avec les notes de la gamme , la ſenſible par exception.

5°. Les dix-huit harmonies diſſonantes des deux modes ſe réduiſent à ſept eſpèces de diſſonances. L'intervalle de tierce ma- jeure & de tierce mineure , qui ſépare les ſons que la nature marie enſemble dans la même gamme , ſépare auſſi les ſons que l'art aſſemble : trois tierces ſéparent les quatre notes de chaque diſ- ſonance priſe dans ſon ordre naturel & direct , 1 , 3 , 5 , 7 : une fois ces tierces ſont mineures toutes les trois ; très-ſou- vent il y a une tierce majeure avec deux tierces mineures ; il y a auſſi par fois une ſeule tierce mineure avec deux tierces ma- jeures. La tierce majeure eſt à l'aigu des deux mineures , au grave & au milieu : la tierce mineure change pareillement 3 fois de place parmi les 2 tierces majeures.

Sol-dieze

Sol-dieze fi ré fa, diffonance de fenfible en mineur de *la*. Les tierces qui
féparent les quatre fons de cette harmonie, font toutes les trois des intervalles
de tierce mineure : elle eft feule de fon
efpece.

Si ré fa la, diffonance de fenfible en
majeur d'*ut*. Les deux premieres tierces
font mineures ; une tierce majeure fépare
les deux dernieres notes de cette harmonie, qui diffone auffi, comme diffonance
de feconde, en mineur de *la*.

La diffonance de fenfible en majeur &
la diffonance de feconde en mineur, ne
font donc qu'une même efpece d'harmonie.

Sol fi ré fa, diffonance de dominante
en *ut*. L'intervalle de tierce majeure fépare les deux premieres notes de cette
harmonie, les deux dernieres tierces font
mineures : les intervalles de la diffonance
de feptieme en mineur, font difpofés de
la même maniere ; *fol fi ré fa* eft diffonance de feptieme en *la* mineur : la diffonance de dominante, avec le fecours

L

de la fenfible par exception, eft la même en mineur qu'en majeur.

La diffonance de dominante, tant en mineur qu'en majeur, & la diffonance de la feptieme en mineur, ne font donc qu'une même efpece d'harmonie.

Ré fa la ut, diffonance de feconde en majeur d'*ut*. Pour cette fois, la tierce majeure eft au milieu, les tierces mineures féparent les deux premiers & les deux derniers fons de l'harmonie : les intervalles qui féparent les quatre notes des diffonances de tierce & de fixte en majeur, de tonique, de quarte & de quinte en mineur, font difpofés de la même maniere; par conféquent auffi, une feule efpece d'harmonie pour fix diffonances.

Ut mi fol fi, diffonance de la tonique en majeur d'*ut*. Ici une tierce mineure eft au milieu de deux tierces majeures : la diffonance de quarte en majeur, & les diffonances de tierce & de fixte en mineur, ont leurs quatre notes arrangées de la même maniere. Donc,

encore une feule efpece d'harmonie pour
quatre diffonances.

La ut mi fol-dieze , feconde diffonance de tonique en mineur de *la.* Dans
cette harmonie la tierce mineure eft fuivie
de deux tierces majeures ; c'eft la feule
de fon efpece.

Ut mi fol-dieze fi , feconde diffonance
de la tierce en mineur de *la.* Lés intervalles de cette harmonie font placés à
l'inverfe de la précédente ; la tierce mineure eft à l'aigu , elle eft précédée des
deux tierces majeures : cette diffonance
eft encore unique de fon efpece.

Réfumons ce cinquieme corollaire. En
mineur , diffonances de fenfible , de tonique & de tierce , toutes les trois avec
l'exception ; trois diffonances & trois
efpeces.

Diffonance de fenfible en majeur ,
diffonance de feconde en mineur ; deux
harmonies & une efpece.

Diffonance de dominante en majeur
& en mineur , & diffonance de feptieme

L ij

en mineur ; trois harmonies & une efpece.

Diffonances de tonique & de quarte en majeur, diffonances de tierce & de fixte en mineur ; quatre harmonies & une efpece.

Diffonances de feconde, de tierce & de fixte en majeur, diffonances de tonique, de quarte & de quinte en mineur ; fix harmonies & une feule efpece.

Donc, trois fois une harmonie, une fois deux harmonies, une fois trois harmonies, une fois quatre harmonies, une fois fix harmonies, & chaque fois une efpece. Par conféquent, 7 efpeces pur les 18 harmonies fpécifiées.

De ce cinquieme corollaire nous pourrons tirer une conféquence très-utile, & dire que la plupart des harmonies diffonantes imitent l'harmonie confonnante, & s'étendent à plufieurs gammes. Nous avons vu dans la feconde partie que la confonnance *ut mi fol*, par exemple, étoit principale en *ut*, analogue en *fol* & en *fa* majeurs, analogue auffi en *la*,

en *ré*, en *mi* & en *fa* mineurs. En *fa*,
elle figuroit comme confonnance de dominante, en *fol* comme confonnance de
quarte, en *la* comme confonnance de
tierce, en *ré* comme confonnance de
feptieme, & en *mi* comme confonnance
de fixte. Nous avons vu auffi que la
confonnance mineure *la ut mi* étoit principale en *la* mineur, & analogue en *ut*,
ré, *mi*, *fa* & *fol*. Par l'examen du
préfent corollaire, nous verrons les con-
clufions fuivantes...

L'harmonie *fi ré fa la* eft diffonance
de fenfible en *ut* majeur, & diffonance
de feconde en *la* mineur.

L'harmonie *fol fi ré fa* eft diffonance
de dominante du ton *ut*, tant en majeur
qu'en mineur, & diffonance de feptieme
en *la* mineur.

L'harmonie *ré fa la ut* eft diffonance
de feconde en *ut* majeur, diffonance de
fixte en *fa* majeur, diffonance de tierce
en *fi-bémol* majeur, diffonance de tonique en *ré* mineur, diffonance de quarte

en *la* mineur ; & diffonance de quinte en *fol* mineur.

L'harmonie *ut mi fol fi* eft diffonance de tonique en *ut* majeur, diffonance de quarte en *fol* majeur, diffonance de tierce en *la* mineur, & diffonance de fixte en *mi* mineur.

6°. La diffonance de la feptieme ou de la fenfible eft la feule harmonie pure ; elle n'eft compofée que d'une qualité de fons, les feuls *appels* de la gamme la compofent ; toutes les autres diffonances font mixtes ; un, deux ou trois fons *appels* font toutefois mêlés avec trois, deux ou un fon naturel.

7°. Dans les diffonances mixtes, les premiers fons de la nature font toujours confervés avec les derniers fons *appels*, & les derniers fons de la nature font confervés avec les premiers *appels* : la tonique fonne avec les foibles *appels*, & la quinte ou dominante fonne avec les forts *appels*.

98. Les quatre fons des harmonies

diſſonantes ne ſont pas toujours employés dans leur ordre naturel, chaque diſſonance a quatre poſitions ; la diſſonance de dominante en *ut*, *par exemple*, peut paroître des quatre manieres ſuivantes....

Sol ſi ré fa . . .
Si ré fa ſol . .
Ré fa ſol ſi .
Fa ſol ſi ré

99. L'harmonie diſſonante annonce, prépare, follicite, *appelle*, exige le retour du repos des ſons de l'harmonie conſonnante : l'harmonie conſonnante ſauve la diſſonante, contente & repoſe l'oreille.

Toutes les harmonies diſſonantes de la gamme conduiſent au repos des ſons de la nature, mais elles follicitent leur retour inégalement ; chacune *contraſte* & diſſone plus ou moins avec la nature. La diſſonance de la ſixte rappelle très-foiblement l'uniſſon grave du dernier ſon de la nature : la diſſonance de la tonique rappelle très-fortement l'uniſſon

L iv

aigu du principal fon de la nature : les
harmonies diffonantes de quarte & de
tierce ramenent le fupplément de la nature, la quinte manque à l'une, & l'autre
eft fans tonique ; la diffonance de quarte
follicite le dernier fon de la nature, &
la diffonance de tierce demande la tonique : les diffonances de feconde & de
dominante preffent plus le retour de la
nature ; la diffonance de feconde follicite
les deux derniers fons de l'intonation de
la gamme, & la diffonance de dominante
follicite, exige & ramene fes deux premiers
fons : l'harmonie de feptieme ou de *fenfi-*
ble eft totalement oppofée aux fons de la
nature ; c'eft leur plus grand *contrafte* &
la plus forte diffonance de la gamme,
elle n'a rien de commun avec l'intonation,
elle rappelle tous les fons de la confonnance
& du principal repos.

Les plus preffantes de toutes ces diffonances font en général celles qui renferment la *fenfible.*

100. Toutes les harmonies diffonantes

ne font pas également ufitées ; la diffonance de la dominante , celle de la feconde & celle de la fenfible regnent le
plus dans nos compofitions muficales ;
des trois, celle de dominante eft la plus
fréquente ; elle fert fouvent d'annonce
dans les changemens de tons , & elle
entre le plus dans la conftruction des
phrafes harmoniques, avec lefquelles on
arrête l'oreille dans une gamme.

101. Les chaînes naturelles & générales des tons de l'article 69 , font plus
intéreffantes , fi l'intonation de chaque
ton eft annoncée par l'harmonie diffonante de fa dominante. On peut auffi
embellir les paffages d'un ton à un autre
de l'article 72 , en annonçant les tons
intermédiaires par la diffonance de leur
dominante.

Pour éviter l'uniformité , on pourroit
varier l'embelliffement de ces chaînes de
tons , annonçant l'intonation de l'un par
la diffonance de dominante , annonçant
celle d'un autre par la diffonance de la

fenfible ; & annonçant celle d'un troifieme ton par la double diffonance de
feconde & de dominante.

On peut encore augmenter la variété
de ces chaînes de tons annoncés, en
prononçant de temps en temps un ou
deux tons de fuite par leur fimple intonation, pour féparer les différentes annonces.

Dans l'article fuivant, je reviendrai un
peu fur les exemples des articles 69, 70,
71, 72 & 73, pour embellir la marche
des tons de la chaîne naturelle, générale,
vague & indéterminée. Par fois, je pro-
noncerai tout fimplement le ton par la
confonnance de fon intonation ; le plus
fouvent je préparerai cette confonnance,
& j'annoncerai le ton, tantôt par la diffonance de dominante, tantôt par la diffonance de fenfible, & tantôt par la
double diffonance de feconde & de dominante. Mais il faut auparavant nous
arrêter un moment ici, pour nous familiarifer avec les trois annonces de chaque

ton. Commençons en *ut*, & difons de tête, d'abord en majeur....

1°. *Sol fi ré fa, ut mi fol.*
2°. *Si ré fa la, ut mi fol.*
3°. *Ré fa la ut &*
Sol fi ré fa, ut mi fol.

Enfuite en mineur....

1°. *Sol fi ré fa, ut mi-b. fol.*
2°. *Si ré fa la-b., ut mi-b. fol.*
3°. *Ré fa la b. ut &*
Sol fi ré fa, ut mi-b. fol.

Cela fait, nous aurons l'intonation d'*ut* annoncée des trois manieres, tant en majeur qu'en mineur ; 1°. par la diffonance de dominante ; 2°. par la diffonance de fenfible ; 3°. par la double diffonance de feconde & de dominante.

Rappellons-nous les obfervations des articles 66, 67 & 68 fur le choix des pofitions, fur la maniere de bien ordonner la baffe avec l'harmonie, & fur la néceffité de rapprocher la baffe de l'har-

monie , enfin d'éviter les sons trop aigus
& les sons trop graves ; & essayons sur
l'instrument cette triple annonce des 2
intonations d'*ut*. Si nous raisonnons bien,
nous aurons l'arrangement suivant....

BASSES. HARMONIES.

1°. *Sol*... *si ré fa* sol.
     Ut.— ut *mi* sol.
2°. *Si*... si *ré fa la.*
     Ut.— ut *mi* sol.
3°. *Ut*... ut ré fa *la* ,
     Ut... *si ré fa* sol ,
     Ut.— ut *mi* sol.

Une pause & puis autant en mineur...

1°. *Sol*... *si ré fa* sol ,
     Ut.— ut *mi-b.* sol.
2°. *Si*... si ré fa la-*b.* ,
     Ut.— ut *mi-b.* sol.
3°. *Ut*... ut ré fa la-*b.* ,
     Ut... *si ré fa* sol ,
     Ut.— ut *mi-b.* sol.

Avec les deux mains nous refterons au milieu de l'inftrument, & fi nous fuivons les trois annonces avec un peu d'attention ; nous fentirons que l'annonce que fait la diffonance de fenfible, convient principalement au mode mineur , que celle de la dominante & celle de la double diffonance fonnent bien dans les deux modes. Par conféquent , nous ne ferons pas tentés de répéter deux fois les trois annonces dans les onze autres octaves , pour les dire d'abord en majeur, & puis en mineur; fachant d'ailleurs que la diffonance de dominante eft la même pour les deux modes de chaque octave : nous nous contenterons chaque fois de dire l'annonce de la diffonance de dominante en majeur , & l'annonce de la diffonance de fenfible avec celle de la double diffonance de feconde & de dominante en mineur.

Etant familiarifé avec les annonces en *ut*, prenons fucceffivement les 11 autres fons pour toniques, fans nous inquiéter

ni de liaison, ni de chaîne ; penfons
feulement au nombre de *diezes* & au
nombre de *bémols* de chaque gamme ;
abandonnons auffi l'inftrument & difons
de tête, abftraction faite du choix des
baffes & des pofitions.....

2ᵈ. En *ré*, (2 *diezes* & 1 *bémol.*)

Majeur.   *La ut-d. mi fol, ré fa-d. la.*
Mineur.   *Ut-d. mi fol fi-b., ré fa la.*
Min. encore. *Mi fol fi-b. ré &*
             La ut-d. mi fol, ré fa la.

3°. En *mi*, (4 *diezes* & 1 *dieze.*)

Majeur.   *Si ré-d. fa-d. la, mi fol-d. fi.*
Mineur.   *Ré-d. fa-d. la ut, mi fol fi.*
Min. encore. *Fa-d. la ut mi &*
             Si ré-d. fa-d. la, mi fol fi.

4°. En *fa*, (1 *bémol* & 4 *bémols.*)

Majeur.   *Ut mi fol fi-b., fa la ut.*
Mineur.   *Mi fol fi-b. ré-b., fa la-b. ut.*
Min. encore. *Sol fi-b. ré-b. fa &*
             Ut mi fol fi-b., fa la-b. ut.

5°. En *Sol*, (1 *dieze* & 2 *bémols*.)

Majeur. *Ré fa-d. la ut*, *fol fi ré.*

Mineur. *Fa-d. la ut mi-b.*, *fol fi-b. ré.*

Min. encore. *La ut mi-b. fol* &

    Ré fa-d. la ut, *fol fi-b. ré.*

6°. En *la*, (3 *diezes* & o.)

Majeur. *Mi fol-d. fi ré*, *la ut-d. mi.*

Mineur. *Sol-d. fi ré fa*, *la ut mi.*

Min. encore. *Si ré fa la* &

    Mi fol-d. fi ré, *la ut mi.*

7°. En *fi*, (5 *diezes* & 2 *diezes*.)

Majeur. *Fa-d. la-d. ut-d. mi*, *fi ré-d. fa-d.*

Mineur. *La-d. ut-d. mi fol*, *fi ré fa-d.*

Min. encore. *Ut-d. mi fol fi* &

    Fa-d. la-d. ut-d. mi, *fi ré fa-d.*

8°. En *ut-dieze* ou en *ré-bémol*,
(7 & 4 *diezes*, ou 5 & 8 *bémols*.)

Pour le majeur, je nomme ma tonique *ré — bémol*; pour le mineur, je la
nomme *ut-dieze*; par ce moyen j'aurai
toujours quelques notes naturelles dans

la gamme , & j'évite l'embarras des dou‑
bles *bémols.*

Majeur. *La‑b. ut mi‑b. fol‑b., ré‑b. fa la‑b.*
Mineur. *Si‑d. ré‑d. fa‑d, la , ut‑d. mi fol‑d.*
Min. encore. *Ré‑d‑ fa‑d. la ut‑d.* &
   Sol‑d. fi‑d. ré‑d. fa‑d., ut‑d. mi fol‑d.

9°. En *ré‑dieze* ou en *mi‑bémol.*
(9 & 6 *diezes*, ou 3 & 6 *bémols.*)

Ici je préfere la tonique *mi‑bémol* pour
les deux modes.. ...

Majeur. *Si‑b. ré fa la‑b., mi‑b. fol fi‑b.*
Mineur. *Ré fa la‑b. ut‑b., mi‑b. fol‑b. fi‑b.*
Min. encore. *Fa la‑b. ut‑b. mi‑b.* &
   Si‑b. ré fa la‑b., mi‑b. fol‑b. fi‑b.

10°. En *fa‑dieze* ou en *fol‑bémol.*
(6 & 3 *diezes*, ou 6 & 9 *bémols.*

Fa‑dieze tonique pour les deux modes ,
& on y gagne ; on est plus commodément
avec 3 *diezes* qu'avec 9 *bémols.*

Majeur. *Ut‑d. mi‑d. fol‑d. fi, fa‑d. la‑d. ut‑d.*
Mineur. *Mi‑d. fol‑d. fi ré, fa‑d. la ut‑d.*

        Mineur

Min. encore. *Sol-d. fi ré fa-d.* &
Ut-d. mi-d. fol-d. fi, fa-d. la ut-d.

11°. En *Sol-dieze* ou en *la-bémol*,
(8 & 5 *diezes*, ou 4 & 7 *bémols.*)

Cette fois je préfere *la-bémol*, tant
pour le majeur que pour le mineur,
l'exception de la fenfible du mode mineur
m'indemnife ; *fol* eft ma fenfible, c'étoit
fa - double - dieze, fi j'avois préféré en
mineur les 5 *diezes*.

Majeur. *Mi-b. fol fi-b. ré-b., la-b. ut mi-b.*
Mineur. *Sol fi-b. ré-b. fa-b., la-b. ut-b. mi-b.*
Min. encore. *Si-b. ré-b. fa-b. la-b.* &
Mi-b. fol fi-b. ré-b., la-b. ut-b. mi-b.

12°. En *la-dieze* ou en *fi-bémol*,
(10 & 7 *diezes*, ou 2 & 5 *bémols.*)

Tout décide en faveur de *fi-bémol*.

Majeur. *Fa la ut mi-b., fi-b. ré fa.*
Mineur. *La ut mi-b. fol-b., fi-b. ré-b. fa.*
Min. encore. *Ut mi-b. fol-b. fi-b.* &
Fa la ut mi-b., fi-b. ré-b. fa.

Ayant exercé la tête, exerçons auffi

M

les doigts ; recommençons & familiari-
fons-nous fur l'inftrument avec ces trois
annonces ; difons - les dans toutes les
octaves ; fuivons le même ordre , fans
nous inquiéter de chaînes, ni de liaifons ;
ajoutons la baffe que j'ai donné ci-deffus
en ut ; les premieres & principales notes
des harmonies , la quinte , la fenfible &
la tonique de la gamme faifoient mon
affaire dans les deux premieres annon-
ciations ; la tonique figuroit dans la troifieme, & pour la double diffonance , &
pour l'intonation follicitée. Choififfons
auffi les pofitions des harmonies ; évitons
les fons trop aigus & les fons trop graves;
tenons avec les deux mains le milieu de
l'inftrument.

Je crois que le Lecteur *Difciple* me
difpenfe de lui écrire encore une fois ces
annonces ; de lui-même il ordonnera le
tout ; mais il pourroit bien fe faire qu'il
ne foit pas d'accord avec moi fur mon
choix de baffe ; car dans la feconde
partie, les baffes étoient toujours uniffons

des notes de l'harmonie , & dans la
troifieme annonce la tonique eft baffe
pour la diffonance de dominante qui ne
renferme aucun uniffon de la tonique.
Si le Difciple eft choqué de cette licence,
il eft le maître d'abandonner ma baffe ,
& d'en choifir une autre ; pourvu qu'il
permette auffi au génie , (*non pas au*
mien ; *j'admire , j'obferve & j'analyfe*
celui des autres,) d'avoir par fois des
fantaifies.... Les uniffons des notes de
l'harmonie contentent bien la raifon ,
mais le génie plus hardi va au-delà de
fon timide empire ; fouvent il annonce
le ton, ou rappelle fa confonnance principale par la diffonance de la fenfible ,
tandis qu'à la baffe il fonne déja ; par
anticipation , la tonique, la tierce ou la
quinte. Dans les chefs-d'œuvre de Mufique, la tonique & la tierce fonnent auffi
très-fouvent, par *anticipation*, à la baffe,
tandis que l'harmonie diffonante de dominante annonce ou rappelle la confonnance des fons de la nature.

M ij

102. Restons devant l'instrument, &
revenons sur les exemples de l'article 69;
annonçons chaque ton des lignes de
quarte par l'harmonie dissonante de dominante ; employons la double dissonance
pour annoncer les tons de la ligne de
quinte ; n'y touchons pas au cinquieme
exemple, les consonnances du changement de mode & du majeur de la quinte
se succedent mieux sans annonces ; dans
le sixieme exemple, les tons sont encore
alternativement majeurs & mineurs ; annonçons les majeurs par l'harmonie dissonante de dominante , & les mineurs par
la dissonance de la sensible. Abandonnons
les basses & les positions données; réglons-
les sur les basses & sur les positions des
annonces ; prenons celles-ci à volonté ,
l'oreille & les yeux nous rappelleront de
reste les notions des articles 66 , 67 &
68. Prolongeons par fois les annonces ,
& faisons sonner à la basse successivement
tous les unissons des notes de l'harmonie
dissonante.

Revenons auffi un peu fur les exemples des articles 70 , 71 & 72. Recommençons la chaîne générale de l'article 70 , confervons la baffe indiquée , & annonçons les tons mineurs par la diffonance de fenfible , & les majeurs par l'harmonie diffonante de dominante.

Dans l'article 71 , n'annonçons que les tons relatifs , & cela par la diffonance de la fenfible.

Dans l'article 72 , annonçons par l'harmonie diffonante de dominante les tons intermédiaires , qui fe fuccedent par quarte ; annonçons par la double diffonance ceux qui fe fuccedent par quinte ; annonçons par la diffonance de fenfible ceux qui fe fuccedent par tierce ou par feconde ; prononçons fimplement ceux qui fe fuccedent par changement de mode, ou par faut ; opérons de même fur le ton qui eft notre but.

Le Difciple zélé , qui voudra revenir fur ces exemples , fera le maître des baffes , des pofitions harmoniques & de

M iij

leur ordonnance ; pourvu que fon oreille
foit fatisfaite, perfonne n'aura rien à lui
dire.

Pour remplir fcrupuleufement la tâche
que je me fuis impofé dans l'article précédent, je vais finir celui-ci par un
exemple fondé fur toutes les marches
de tons, & fur toutes les annonces.
Chacun pourra faire autant, en fuivant
l'article 73, & en fe rappellant ce que
j'ai promis, page 170.

Exemple.

Sur la chaîne générale des tons annoncés.

Basses. Harmonies.

Ut,.. *mi fol* ut, premier ton.
Mi... ut *mi fol fi-b.*, annonce.
Fa,.. *ut* fa *la*, ligne de quarte.
Fa... ut ré *fa la*, ⎫
Fa... *fi* ré *fa* fol, ⎬ annonce.
Mi,.. ut *mi fol*, ligne de quinte.
Mi... ut-d. *mi fol fi-b.*, annonce.

BASSES. HARMONIES.

Ré,.. ré *fa là*, détour fur la feconde.

Ré,.. ré *fa-d. la*, changement de mode.

Ré-d., ré-d. *fa-d.* fi, faut de fixte.

Si... ré-d. *fa-d. la* fi, annonce.

Mi,.. mi *fol-d. fi*, ligne de quarte.

Ré... mi *fol-d. fi ré*, annonce.

Ut-d., mi la *ut-d.*, ligne de quarte.

Ut-d.. mi-d. *fol-d. fi ré*, annonce.

Ut-d., fa-d. *la ut-d.*, détour fur la fixte.

Ut-d.. ré-d. *fa-d. la ut-d.*, ⎫
Ut-d.. ré-d. *fa-d.fol-d.fi-d.*, ⎬ annonce.
                                 ⎭

Ut-d., mi *fol-d.* ut-d., ligne de quinte.

Ut-d., mi-d. *fol-d.* ut-d., changement
de mode.

Mi-d.. ut-d. *mi-d. fol-d. fi*, annonce.

Fa-d., ut-d. fa-d. *la-d.*, ligne de quarte.

Mi... ut-d. mi *fa-d. la-d.*, annonce.

Ré-d., ré-d. *fa-d.* fi, ligne de quarte.

Ré,.. ré *fa-d.* fi, changement de mode.

Mi,.. ut *mi fol* ut, faut majeur d'un
demi-ton plus haut.

M iv

BASSES.   HARMONIES.

Mi,.. ut *mi fol fi-b.* , annonce.

Fa,.. ut fa *la* , ligne de quarte.

Fa d., ré *fa-d,* la ut , annonce.

Sol,.. ré fol *fi* , faut de feconde.

Sol-d.. ré *fa* fol-d. *fi* , annonce.

La,.. ut *mi* la , détour fur la feconde.

Sol,.. ut *mi fol fi-b.* , annonce.

Fa,.. ut fa *la* , détour fur la fixte.

Fa-d... ut *mi-b.* fa-d, *la* , annonce.

Sol,.. *fi-b.* ré fol, détour fur la feconde.

Fa.,. fi-b. ré *fa la-b.* , annonce.

Mi-b., *fi-b.* mi-b. *fol*, détour fur la fixte

Ré-b., *ré-b.* fa fi-b. , faut de quinte.

Ut,.. ut *mi fol fi-b.* , annonce.

Fa,.. ut fa *la-b.* , ligne de quinte.

Fa,.. ut fa *la* , changement de mode.

Mi... ut-d. *mi fol fi-b.* , annonce.

Ré,.. ré *fa* la , détour fur la fixte.

Ut... ut *mi-b.* fa la , annonce.

Si-b., fi-b. *ré fa* fi-b., détour fur la fixte.

Si,,. fi ré *fa la-b.* , annonce.

Ut,.. ut *mi-b. fol*, détour fur la feconde.

BASSES.	HARMONIES.

La-b.,   *ut mi-b.* la-b. , détour fur la fixte.

Sol-b.   *ut mi-b. fol-b.* la-b. ; annonce.

Fa,..   ré-b *fa la-b.*, ligne de quarte.

Fa...   ré *fa la-b. ut-b.* , annonce.

Mi-b.,   mi-b. *fol-b. fi-b.* , détour fur la
feconde.

Mi-b.,   mi-b. *fol fi-b.* , changement de
mode.

Ré...   *ré fa fol fi*, annonce.

Ut,..   ut *mi-b. fol* ut , détour fur la fixte.

Ut,..   ut *mi fol* ut, changement de mode.

&c.   &c.

La baffe & les pofitions harmoniques
font données dans cet exemple ; le prononçant fur l'inftrument, le Difciple n'eft
plus chargé que du foin de placer les
notes de la baffe & des harmonies dans
les octaves du milieu de l'inftrument ,
enfin d'éviter les fons trop aigus & les
fonstrop graves , qui ne conviennent
qu'aux caprices de la mélodie : il eft le

maître de plaquer les harmonies avec la
baffe, ou bien de les harpégier & de les
embellir fuivant les notions des articles
40, 41, 42, 43 & 44; s'il choifit une
batterie qui exige toujours quatre notes,
il peut ajouter un uniffon à chaque confonnance, & s'il n'a befoin que de trois
notes, il peut toujours omettre dans l'harmonie l'uniffon de la baffe. La ponctuation eft indéterminée, chacun la mettra
à fa guife, répétera, quand il le jugera
à propos, les confonnances & les diffonances, pour faire durer un peu tantôt
les annonces, & tantôt les repos.

On pourroit prolonger cette chaîne à
l'infini, y faire entrer tous les tons &
tous les changemens; on auroit toujours
des combinaifons nouvelles, & fouvent
de très-piquantes.

Le Difciple doit s'arrêter ici, s'il croit
pouvoir un jour groffir le nombre des
génies créateurs. Il faut qu'il familiarife
fa tête avec la chaîne générale & indé-

terminée des tons prononcés & annoncés ,
car on ne choifit bien les marches particulieres de chaque morceau , que quand on
eft maître de toutes les marches. Il pourroit , *par exemple* , 1°. parcourir rapidement & idéalement , abftraction faite
des intonations & des annonces , des
étendues telles que la fuivante....

Ut majeur , ... premier ton.

Fa majeur , ... ligne de quarte.

Ré mineur , ... détour fur la fixte.

La mineur , ... ligne de quinte.

Si-bémol majeur , .. faut majeur d'un
demi-ton plus haut.

Sol majeur , ... faut de fixte.

Ré majeur , ... ligne de quinte.

Mi mineur , ... détour fur la feconde.

Ut majeur , ... détour fur la fixte.

Ré mineur , ... détour fur la feconde.

Si-bémol majeur , .. détour fur la fixte.

Si-bémol mineur , .. changement de
mode.

La-bémol mineur , .. faut de feptieme.

Mi-bémol majeur, majeur de la quinte.
Fa mineur , ... détour fur la feconde.
Fa majeur , ... changement de mode.
Mi mineur, ... détour fur la feptieme.
Si mineur , ... ligne de quinte.
Ré mineur , ... faut de tierce.
Ré majeur , ... changement de mode.
La majeur , ... ligne de quinte.
Mi majeur , ... ligne de quinte.
Sol-dieze mineur , détour fur la tierce.
Ut-dieze mineur , ligne de quarte.
Ut-dieze majeur , changement de mode.
&c.   &c.

2°. Il pourroit revenir fur fa chaîne, prononcer l'intonation de chaque ton ; & 3°. annoncer les tons dont la fucceffion d'intonations choqueroit fon organe.

L'enfant du génie, qui fait chanter ou jouer d'un inftrument, pourroit ici exercer fon chant mélodieux, difant tantôt tous les fons de l'harmonie, & tantôt choififfant ceux qui plaifent à fa fantaifie , mêler par fois avec ceux - ci les autres notes de la gamme & même tous les fons poffibles de l'octave , pour donner aux fons de l'harmonie des ombres & des demi-teintes. Car les élémens de la chaîne générale font la bafe du *prélude* des *caprices* , & de tout ce qu'on nomme vulgairement *point d'orgue.*

Le Lecteur qui borne fon ambition à favoir admirer les chefs-d'œuvre d'autrui, paffera légérement fur la chaîne générale & indéterminée des articles 69, 70, 71, 72, 73 & du préfent article ; il atteindra fon but, s'il s'occupe férieufement des articles qui les précedent, & qui leur fuccedent.

103. Nos trois annonces pourroient auffi embellir les exemples de la chaîne particuliere des tons , mais il ne faut pas toujours revenir fur fes pas ; avançons, nous trouverons des conftructions nouvelles, & toutes les annonces employées. D'ailleurs, les conftructions des derniers articles de la feconde partie , tant du *récitatif* que de l'*ariette*, font affez rares; on pourroit bien les laiffer fubfifter telles

qu'elles font, jufqu'au temps où nos Compofiteurs célebres auront enrichi l'art de ces fortes de productions.

104. Les confonnances analogues ne font pas les feules harmonies qui phrafent avec les confonnances repos , les harmonies diffonantes de la gamme *contraftent* bien davantage avec ces mêmes repos. En *ut*, la confonnance de quinte *fol fi ré* phrafe avec le principal repos, avec la confonnance de la nature *ut mi fol*, à caufe des fons *appels fi* & *ré*, qui font conjoints avec les fons repos *ut* & *mi* ; ils contraftent & diffonent avec les fons de la nature. La diffonance de dominante *fol fi ré fa* renferme 3 fons conjoints , qui contraftent & diffonent avec les mêmes fons de la nature; de plus , cette harmonie diffone en elle-même , comme nous avons vu ci-deffus; donc elle exige doublement le repos. La confonnance de feconde *ré fa la* phrafe avec le fecond repos, avec le repos de la confonnance de quinte *fol fi ré*, à

cause des notes *fa* & *la*, qui contraſtent & diſſonent avec *ſol* & *ſi*, premieres notes de la conſonnance repos ; dans la diſſonance de ſeconde *ré fa la ut*, trois notes contraſtent & diſſonent avec les mêmes notes de la conſonnance repos ; de plus, cette harmonie diſſone en elle-même, donc elle exige doublement un repos. On peut dire la même choſe de toutes les diſſonances de la gamme ; les unes renferment des notes qui *contraſtent* & qui diſſonent avec les ſons de la conſonnance du principal repos (*repos de la tonique*) ; & les autres renferment quelques notes qui *contraſtent* & qui diſſonent avec les ſons de la conſonnance du ſecond repos (*repos de quinte*).

Donc les diſſonances de la gamme phraſent avec la conſonnance de la tonique, ou avec la conſonnance de la quinte. La diſſonance de la quarte phraſe avec la conſonnance de la quinte de la même maniere que la diſſonance de ſenſible phraſe avec la conſonnance de la tonique.

La diſſonance de ſeconde qui ſollicite le repos de quinte, conduit auſſi au repos principal. La diſſonance de ſixte phraſe avec la conſonnance de quinte, de la même maniere que la diſſonance de ſe-conde phraſe avec la conſonnance de tonique. La diſſonance de tonique mene aux ſons harmoniques de la conſonnance de quinte. Enfin, la diſſonance de tierce ne ſollicite que le retour de la tonique.

La diſſonance de dominante phraſe auſſi par fois avec la conſonnance de la ſixte, pour *ſuſpendre* la conclusion de la phraſe finale. Cette conſonnance ainſi amenée, forme un troiſieme repos dans la gamme, un *repos ſuſpenſif*.

165. Le point, les deux points & la virgule & point figurent pour les trois principaux repos de la gamme. (art. 75.) Récapitulons les harmonies qui condui-ſent à ces trois repos; commençons par le principal, par le repos de tonique, par le *point harmonique*.

Si la conſonnance de la nature peut

ſuccéder

fuccéder immédiatement à toutes les harmonies de la gamme ; chacune pourtant
ne contrafte & ne diffone pas affez avec
elle, pour exiger fon retour. Trois diffonances feulement phrafent avec la confonnance de la nature, les diffonances de
dominante, de fenfible & de feconde. Les
confonnances de la dominante, de la
quarte & de la feconde phrafent auffi
avec l'harmonie de la nature.

*Phrafes qui terminent au repos principal
de la gamme, par ordre & par gradation du moins au plus.*

1°. En majeur.

Confonnance de quarte, conf. de tonique.
conf. de feconde..... conf. de tonique.
diffonance de feconde.. conf. de tonique.
conf. de dominante... conf. de tonique.
diff. de dominante..... conf. de tonique.
diff. de fenfible...... conf. de tonique.

2°. En mineur.

Confonnance de quarte, conf. de tonique,

N

diſſonance de ſeconde... conſ. de tonique.

conſ. de dominante.... conſ. de tonique.

diſſ. de dominante.... conſ. de tonique.

diſſ. de ſenſible...... conſ. de tonique.

La conſonnance de la quinte ne phraſe pas non plus avec toutes les conſonnances & avec toutes les diſſonances qui la ſolli-citent. Les harmonies de la ſeconde, de la quarte & de la ſixte, avec la con-ſonnance de la tonique, ſont les ſeules qui *contraſtent* & qui diſſonent aſſez avec elle, pour exiger en phraſe ſon retour & un repos harmonique de deux points.

Phraſes qui terminent au repos de quinte, par ordre & par gradation du moins au plus.

1º. En majeur.

Conſ. de tonique..... conſ. de quinte.

conſ. de ſixte........ conſ. de quinte.

diſſonance de ſixte... conſ. de quinte.

conſ. de ſeconde..... conſ. de quinte.

diſſonance de ſeconde.. conſ. de quinte.

conf. de quarte...... conf. de quinte.
diff. de quarte....... conf. de quinte.

2°. En mineur.

Conf. de tonique. conf. majeur de quinte.
conf. de fixte... conf. majeur de quinte.
diff. de fixte.... conf. majeur de quinte.
diff. de feconde.... conf. majeur de quinte.
conf. de quarte... conf. majeur de quinte.
diff. de quarte... conf. majeur de quinte.

La confonnance de la fixte n'eft repos
fufpenfif, repos harmonique de virgule
& point, que quand elle fuccede dans
la phrafe finale à la confonnance ou à
la diffonance de dominante ; car on ne
peut fufpendre la conclufion, que quand
on a donné des preuves fuffifantes pour
pouvoir conclure. La confonnance de
dominante eft la feule des analogues qui
puiffe amener immédiatement le repos
final. (art. 75.) La diffonance de dominante a la même force perfuafive, elle a

N ij

le pas fur les deux autres diffonances qui phrafent encore avec la confonnance principale. La diffonance de feconde ne contrafte & ne diffone pas affez avec les fons de la nature, pour pouvoir amener le repos final; la diffonance de la fenfible contrafte, diffone & fatigue trop, pour pouvoir amener un bon repos.

La diffonance de fixte & même la confonnance de quarte prennent fouvent la place de la confonnance de fixte, pour fufpendre la conclufion de la phrafe finale.

Le génie mufical a enrichi l'art de deux autres bonnes fufpenfions: pour l'une, voyez la phrafe finale de la derniere conftruction *ariette* de la deuxieme partie de *cet Effai*, page 130. Une harmonie étrangere à la gamme fufpend la conclufion après une répétition de la phrafe finale; à cette harmonie *fufpenfive* fuccede immédiatement une prononciation de la confonnance principale, elle preffe & avertit l'oreille de l'arrivée de la vraie phrafe finale. Cette fufpenfion extraordinaire fait un bel effet dans tous les tons mineurs ; c'eft la confonnance majeure du faut d'un demi-ton plus haut ; elle eft précédée & fuivie d'une confonnance ; elle fufpendra très-bien toutes les fois que les baffes & les harmonies chemineront vers la conclufion, comme dans l'exemple cité ci-deffus.

L'autre fufpenfion extraordinaire eft encore une harmonie étrangere à la gamme ; c'eft la diffonance mineure de la fenfible de quinte, qui fufpend aujourd'hui très-fouvent la conclufion de la phrafe finale après les harmonies de dominante, & même après la diffonance de feconde.

Pour trouver facilement dans toutes les octaves cette feconde harmonie *fufpenfive* extraordinaire, il faut fuppofer que la quinte eft tonique d'une gamme mineure, & prendre la diffonance de fa fenfible ; & comme la diffonance de fenfible eft auffi nommée harmonie de tous les fons *appels* de la gamme, (art.

N iij

92.) nous dirons ici harmonie ou diffonance mineure des *appels* de la quinte,
ou tout fimplement les *appels* mineurs
de la quinte. L'harmonie *fa-dieze* la ut
mi-bémol, qui eft la diffonance de fenfible en *fol* mineur, eft donc auffi l'harmonie des *appels* mineurs de la quinte
en *ut*, & fufpendra par extraordinaire
la conclufion de la phrafe finale, après
les harmonies de la dominante *fol fi ré* &
fol fi ré fa, & après la diffonance de
féconde, tant en majeur qu'en mineur,
après *ré fa la ut* & après *ré fa la-
bémol ut*.

Le génie, pour employer ces fufpenfions extraordinaires, prolonge la phrafe
finale, la répete & la prépare, ou par une
fimple prononciation de la confonnance de
la nature, ou par une phrafe moins concluante. Dans les exemples de quelques-
uns des art. fuivans, nous trouverons la
marche des phrafes finales compofées,
tant pour la baffe que pour les harmonies.
106. Il y a un quatrieme repos dans
la gamme; c'eft la *virgule harmonique*.

les confonnances de tierce , de feconde
& de feptieme font des repos de virgule ;
elles font par fois amenées par des harmonies qui *contraftent* & qui diffonent
affez avec elles , pour exiger une petite
paufe de phrafe. Chaque diffonance contrafte avec plufieurs confonnances ; la
diffonance de fixte , *par exemple* , contrafte avec les confonnances de quinte&
de feconde , comme la diffonance de
feconde contrafte avec les confonnances
de tonique & de quinte. La diffonance
de fenfible , qui exige le retour de la
confonnance de la tonique , phrafe auffi
très-bien avec la confonnance de tierce.
La diffonance de quarte , qui phrafe
avec la confonnance de quinte , amene
auffi par fois , en mineur , le repos de
virgule de la confonnance de feptieme.

Les confonnances de fixte & de quarte
font auffi très-fouvent amenées comme
des repos de fimples virgules ; l'une par
les harmonies de tierce , & l'autre par
les harmonies de tonique.

N iv

107 Ici, comme à l'article 75, la phrase finale peut être compofée & progreffive ; les diffonances peuvent prendre la place des confonnances analogues, & folliciter le repos principal dans une double, triple, quadruple & quintuple phrafe ; même toutes les diffonances de la gamme peuvent concourir & exiger dans une phrafe progreffive le retour du repos de la confonnance de la nature. L'exemple pourra plaire au Difciple; je m'arrête en *ut* majeur.

Phrafe finale fimple.

Sol fi ré fa, diffonance de dominante,
Ut mi fol, confonnance principale.

Phrafe finale double.

Ré fa la ut, diffonance de feconde,
Sol fi ré fa, diffonance de dominante,
Ut mi fol, confonnance principale.

Phrafe finale triple.

La ut mi fol, diffonance de fixte,
Ré fa la ut, diffonance de feconde,
Sol fi ré fa, diffonance de dominante,

Ut mi fol, confonnance principale.

Phrafe finale quadruple.

La ut mi fol, diffonance de fixte,
Fa la ut mi, diffonance de quarte,
Ré fa la ut, diffonance de feconde,
Sol fi ré fa, diffonance de dominante,
Ut mi fol, confonnance principale.

Phrafe finale quintuple.

Mi fol fi ré, diffonance de tierce,
La ut mi fol, diffonance de fixte,
Fa la ut mi, diffonance de quarte,
Ré fa la ut, diffonance de feconde,
Sol fi ré fa, diffonance de dominante,
Ut mi fol, confonnance principale.

Phrafe finale progreffive.

Ut mi fol fi, diffonance de la tonique,
Fa la ut mi, diffonance de quarte,
Si ré fa la, diffonance de fenfible,
Mi fol fi ré, diffonance de tierce,
La ut mi fol, diffonance de fixte,
Ré fa la ut, diffonance de feconde,
Sol fi ré fa, diffonance de dominante,
Ut mi fol, confonnance principale.

. Le Lecteur qui voudra prononcer ces phrases sur l'instrument, mettra toujours les premieres notes des harmonies à la basse, choisira & ordonnera de lui-même les positions.

Les phrases composées sont plus inté-reffantes, si on mêle un peu les confon-nances avec les diffonances, & sur-tout si on commence à folliciter le repos foi-blement par des confonnances, & enfuite plus fortement par les diffonances.

108. On peut aussi arriver par grada-tion au repos de quinte & au repos de virgule. Allant, en mineur, au repos de quinte par phrases composées, on peut rendre les gradations prefqu'impercepti-bles, altérant, fuivant les notions de l'art. 92, les diffonances de feconde & de quarte qui y conduifent immédiatement.

En *ut*, la diffonance de feconde *ré fa la-bémol ut*, ainfi renforcée, fe change en la diffonance *ré fa–d. la-b. ut*, qu'on nomme harmonie fuperflue, qui est une douzieme diffonance pour les tons mineurs.

La diſſonance de quarte *fa la-b. ut mi-b.*, renforcée ſuivant les mêmes notions, ſe change en l'harmonie *fa-d. la-b. ut mi-b.*, treizieme diſſonance des tons mineurs, qu'il faut nommer diſſonance de la ſenſible de quinte.

L'harmonie des quatre *appels* mineurs de quinte, qui eſt une des ſuſpenſions citées dans l'art. 105, augmente encore le nombre des diſſonances en mineur, & multiplie par fois les gradations des phraſes compoſées, qui terminent au repos de quinte.

Ces trois nouvelles harmonies ſont aujourd'hui tant employées en Muſique, qu'on peut les regarder comme eſſentielles au mode mineur, quoiqu'elles renferment toutes les trois des notes étrangeres à la gamme. Cette licence ne doit pas étonner; il y a long-temps que le mode mineur n'eſt plus pur. Dans les phraſes ſuivantes, pour le ton mineur d'*ut*, les trois diſſonances extraordinaires ſont employées.

Phrafe double qui termine au repos de
quinte.

Ré *fa la-b. ut,* diffonance de feconde,
Ré *fa-d. la-b. ut,* harmonie fuperflue,
Sol *fi ré,* ... confonnance de quinte.

Phrafe triple qui termine au repos de
quinte.

Fa *la-b. ut mi-b.,* diffonance de quarte,
Fa-d. *la-b. ut mi-b.,* diffonance de la fenfi-
ble de quinte,
Fa-d. *la ut mi-b.,* harmonie des 4 *appels*
mineurs de quinte,
Sol *fi ré,* ... confonnance de quinte.

La-bémol & *fol* font les deux notes
qui fonnent le mieux à la baffe dans la
premiere phrafe ; *la-bémol* pour les deux
diffonances, & *fol* pour la confonnance.
Dans le fecond exemple, il faut dire à
la baffe *la-bémol* pour les 2 premieres
diffonances, *la* pour la troifieme, &
fol pour le repos.

Chacune de ces trois diſſonances extraordinaires phraſe auſſi très-bien à elle ſeule avec la conſonnance de quinte : ce qui augmente le nombre de phraſes ſpécifiées dans l'article 105, pour terminer par les *deux points harmoniques*.

109. Ces harmonies extraordinaires nous donnent deux nouvelles eſpeces de diſſonances. Dans l'harmonie ſuperflue, *ré fa-d. la-b. ut*, une tierce moindre que la mineure, la tierce diminuée ſépare la note *fa-dieʒe* du *la-bémol* ; les deux autres tierces qui aident à ſéparer les 4 notes de la diſſonance, ſont toutes les deux majeures. Dans la diſſonance de la ſenſible de quinte, *fa-d. la-b. ut mi-b.*, toutes les trois tierces ſont différentes ; le nouvel intervalle, la tierce diminuée, concoure avec la tierce majeure & avec la tierce mineure, pour ſéparer les 4 notes de cette diſſonance. L'harmonie des quatre *appels* mineurs de quinte ſe confond avec la diſſonance de ſenſible d'une gamme mineure.

Le Difciple voudra fans doute antici-
per, & prédire une dixieme efpece de
diffonance, pour féparer les 4 notes de
l'harmonie avec trois tierces majeures. Je
fuis fâché d'être obligé de le contrarier,
mais une telle harmonie eft impoffible,
de cette efpece feroit l'harmonie.....

Ut mi fol-dieze fi-dieze.

Or le *fi - dieze* exclut l'*ut* de toute
gamme ; ces deux notes ne peuvent pas
exifter enfemble. Donc....

110. Les phrafes que font les diffonances de feconde, de dominante & de
fenfible, avec la confonnance principale,
font par fois inverfes dans la conftruction,
la confonnance commence la phrafe, la
diffonance marque le repos, mais ce
repos n'eft pas définitif, c'eft une efpece
de virgule fufpenfive, après elle il faut
néceffairement ramener le vrai repos de
la confonnance principale dans une phrafe
directe. La phrafe inverfe commence un
fens ; la phrafe directe qui fuit, le dé-

termine. Les deux phrafes n'appartiennent
pas toujours à une même gamme ; fouvent la phrafe inverfe eft dans un ton,
& la phrafe directe eft dans un autre.
Les deux phrafes font tantôt compofées
des mêmes harmonies, & tantôt elles
changent de diffonances. La phrafe inverfe, produite par la confonnance principale & par la diffonance de feconde,
eft même fuivie par fois d'une phrafe
directe, qui termine à un nouveau repos.

Exemples.

1ᵉ. *Ut mi fol. . . . fol fi ré fa ;* phrafe inverfe.
   Sol fi ré fa . . . ut mi fol. phrafe directe.
2ᵉ. *Ut mi fol. . . . fol fi ré fa ;* phrafe inverfe.
   Ré fa-d. la ut.... fol fi ré. phrafe directe.
3ᵉ. *Ut mi fol. . . . fol fi ré fa ;* phrafe inverfe.
   Ut mi fol fi-b... fa la ut. — phrafe directe.
4ᵉ. *Ut mi-b. fol. . . fi ré fa la-b. ;* phrafe inverfe.
   Sol fi ré fa . . . ut mi-b. fol. phrafe directe.
5ᵉ. *Ut mi fol. . . . ré fa la ut ;* phrafe inverfe.
   Sol fi ré fa . . . ut mi fol. phrafe directe.
6ᵉ. *Ut mi-b. fol. . . ré fa la-b. ut ;* phrafe inverfe.
   Ré fa-d. la-b. ut., fol fi ré : phrafe directe.

7e. *Ut mi fol.... ré fa la ut;* phrafe inverfe.
Ré fa la ut... fa-d. la ut mi-b.; phrafe dir.
Sol fi ré fa... ut mi fol. phrafe directe,
finale.

Dans le feptieme exemple, il faut une troifieme phrafe, pour compléter le fens que la premiere phrafe directe fufpend.

Le Difciple trouvera aifément une baffe pour ces harmonies, s'il a la fantaifie d'ordonner leurs pofitions pour l'inftrument.

111. Rappellons-nous les notions fur l'étendue des harmonies, déyeloppée dans la conféquence du cinquieme corollaire de l'art. 97, & nous comprendrons auffi les phrafes de furprife, qui ornent par fois les compofitions muficales. A notre tour nous ferons des merveilles.... Etabli en *ut*, & phrafant avec la diffonance de fenfible, on peut rompre la phrafe, prendre l'harmonie *fi ré fa la*, pour diffonance de feconde en *la*, diriger cette diffonance vers le repos de la tonique *la*, ou vers le repos de fa quinte *mi* :

mi : & on aura par furprife . . . .

Si ré fa la— *la ut mi,*
ou *Si ré fa la*— *mi fol-d.fi :*

quand l'oreille s'y attend à la phrafe.....

Si ré fa la— *ut mi fol.*

Difant une phrafe compofée, on peut profiter de l'étendue de chaque diffonance, quitter le ton, & par furprife terminer la phrafe dans un ton nouveau. *Par exemple,* dans la quintuple phrafe de l'article 107, rompant à la quatrieme diffonance, *ré fa la ut,* on peut la regarder comme diffonance de tierce, lui faire fuccéder la dominante, *fa la ut mi-b*, pour terminer par furprife la phrafe en *fi-bémol.*

Dans la phrafe progreffive toutes les diffonances de la gamme font employées dans un ordre conftant; les premieres notes des harmonies vont toujours de quarte en quarte, fuivant les notes de la gamme en montant. Profitant de l'étendue des harmonies, on peut allonger & raccourcir

O

la phrafe , la faire paffer par furprife en différens tons. Prenant , *par exemple* , la diffonance de tonique , *ut mi fol fi*, pour diffonance de fixte & continuant la progreffion, il faut dire , *fa-d. la ut mi* , pour feconde diffonance , *fi ré-d. fa-d. la* pour troifieme qui eft dominante en *mi* où on pourroit terminer la phrafe. Mais regardant de nouveau cette diffonance comme une diffonance de feptieme ; on eft en *ut-dièze* mineur où on peut continuer la progreffion , difant , pour quatrieme diffonance , *mi fol-d. fi ré-d.* ; regardant celle-ci comme une diffonance de tonique, *la ut-d. mi fol-d.* fera la cinquieme diffonance. Celle-ci prife pour harmonie de fixte , il faut encore deux diffonances pour terminer en *ut-dièze* mineur. Voulant prolonger la phrafe, on prendra la dernière diffonance pour une diffonance de tonique, & on dira pour fixieme diffonance, *ré fa-d. la ut-d.* , pour feptieme, *fol-d. fi ré fa-d.*, pour huitieme , *ut-d. mi fol-d. fi* , qui eft diffonance de tierce ; la regardant comme diffonance de feconde & continuant l'ordre de la progreffion on aura la dominante *fa-d. la-d. ut-d. mi*, fi on veut finir en *fi*.

On pourroit ainfi continuer une progreffion commencée, & la faire paffer par *furprife* dans tous les tons majeurs & mineurs.

L'étendue naturelle des harmonies donne encore une furprife très-agréable. *Par exemple*, étant établi en mineur d'*ut*, & phrafant avec la diffonance de fenfible, *fi ré fa la-b.*, on peut la regarder comme harmonie des quatre appels mineurs de quinte en *fa*, & lui faire fuccéder la confonnance majeure d'*ut* comme confonnance de quinte. Dans ce cas, on aura par furprife......

Si ré fa la-bémol— ut mi fol : quatre *appels* mineurs de quinte, & repos de quinte en *fa*, tandis que l'oreille s'y attend à la phrafe fuivante en *ut* mineur...

Si ré fa la-bémol— ut mi-bémol fol.

O ij

112. La diffonance de fenfible des tons mineurs a auffi une étendue extraordinaire, avec laquelle on peut faire des furprifes plus étonnantes. Les quatre fons qui compofent cette diffonance appartiennent à quatre tons ; chaque fon eft fenfible & les quatre fons font les quatre *appels* mineurs des quatre tons. La diffonance dè fenfible *fi ré fa la-bémol*, mene par furprife en *ut* mineur, en *mi-bémol* mineur, en *fa-dieze* mineur & en *la* mineur. Les quatre *appels* de ces quatre tons font...

Si, ré, fa, la-b., ... 4 *appels* en *ut* mineur.
ré, fa, la-b. ut-b. . . . 4 *appels* en *mi-b.* min.
mi-d. fol-d. fi, ré, . 4 *appels* en *fa-d.* min.
fol-d. fi, ré, fa, 4 *appels* en *la* min.

La note *fa* donne le même fon que la note *mi-dieze* ; les notes *la-bémol* & *fol-dieze*, donnent auffi le même fon ; *fi* & *ut-bémol* encore un même fon. Donc les 4 *appels* mineurs appartiennent à 4 tons. Donc phrafant en *ut* mineur avec la diffonance de fenfible on peut fauver cette diffonance par furprife en *mi-bémol* mineur, en *fa-dieze* mineur ou en *la* mineur.

Ces furprifes font nommées tranfitions *enharmoniques*, elles font rares en Mufique ; l'identité du fon *appel la-bémol* & du fon *appel fol-dieze* n'eft pas la même que l'identité de la tonique *la-bémol* & de la tonique *fol-dieze* dont j'ai parlé ci-deffus pages 17 & 18. Outre qu'il faille changer de nom dans ces tranfitions *enharmoniques*, il faudroit auffi hauffer imperceptiblement l'*appel la-bémol* pour en faire l'*appel fol-dieze* : ce qui eft difficile dans l'exécution. (*q*)

113. Analyfant les articles précédens fur les annonces de tons & fur les con-

---

(*q*) C'eft ici qu'on pourroit placer le *comma* de Pithagore (intervalle *enharmonique*, intervalle d'un neuvieme de *ton*) pour en féparer la fixte mineure d'*ut* de la fenfible de *la*. Mais je crois que le *virtuofe* altere les fons *appels* par inftinct plutôt que par art.

Je ne m'arrête pas fur la tranfition *en harmonique* très-difficile pour l'exécution & fort rare en compofition, j'en ai dit un peu plus dans mon *Traité de Mufique*, pages 105, 106, 107, &c.

O iij

fonnances *repos* follicitées & amenées, on découvre les mouvemens, les rapports & les notions fuivantes, qui éclaircillent la fucceffion des harmonies.

1°. Les notes qui diffonent & qui contraftent, montent ou defcendent conftamment d'un ton ou d'un demi-ton pour aller aux notes de la confonnance *repos*.

2°. L'intervalle de quarte, compofé de deux tons & demi, ou l'intervalle de feconde, compofé tantôt d'un ton & tantôt d'un demi-ton, fépare les premieres notes des deux harmonies qui phrafent. Dans les plus fortes phrafes, la premiere note de l'harmonie qui contrafte, qui fait défirer & qui amene le repos, eft au grave de la principale note du repos; elle eft au contraire à fon aigu dans les plus foibles phrafes. La premiere note de la confonnance *repos* eft au milieu des premieres notes des harmonies qui contraftent, qui diffonent & qui follicitent. Voici l'exemple pour le repos principal en *ut* . . .

Sol — *Ut* — *fa*
Si — *Ut* — *ré*

La confonance principale du ton *ut* le *point harmonique* , fait plaifir à l'oreille après la follicitation des harmonies de la quarte *fa* & de la feconde *ré* ; mais elle la contente bien davantage après la follicitation des harmonies de la quinte *fol* & de la fenfible *fi*.

L'exemple fuivant repréfente les premieres notes de la confonnance du repos de quinte & des harmonies qui le follicitent au grave & à l'aigu ; il eft encore pour le ton d'*ut*.

Ré ——— Sol— ut
Fa ——— Sol— la
Fa-dieze— Sol— la-bémol

3°. Une feule phrafe fimple ne fe laiffe pas claffer , felon le rapport précédent ; la diffonance de feconde & l'harmonie des quatre *appels* mineurs de quinte phrafent enfemble en tout ton, comme nous avons vu ci-deffus ; or leurs premieres notes font féparées par un intervalle de tierce. La feconde fépare les premieres notes de toutes les autres phrafes *fufpenfives*.

O iv

La tierce fépare auffi par fois les pre-mieres follicitations des phrafes compofées & progreffives.

Si l'intervalle de tierce fépare les premie-res notes des harmonies qui fe fuccedent dans la même gamme, il n'y a pas beaucoup de mouvement de l'une à l'autre ; une feule note eft changée, & par conféquent il n'y a pas affez de contrafte pour pouvoir placer un repos, il faut auparavant ajouter au moins une follicitation plus forte. Dans la phrafe *fufpenfive* extraordinaire qui fait excep-tion, deux notes font changées d'une har-monie à l'autre, & elles ne font pas tou-tes prifes dans une même gamme, ce qui augmente le contrafte.

4°. Affirmant des harmonies ce qui ne convient, à proprement parler, qu'à leurs premieres notes, on peut dire en géné-ral que les harmonies, dans leur fucceffion, marchent par quarte, par tierce & par feconde ; car les intervalles de quinte, de fixte & de feptieme fe réduifent aux in-tervalles de quarte, de tierce & de feconde.

La quinte à l'aigu est une quarte au grave;
la sixte à l'aigu est une tierce au grave;
& la septieme à l'aigu n'est qu'une seconde au grave.

Le plus grand intervalle sépare ordinairement les harmonies dans leur
marche ; elles vont le plus souvent par
quarte , c'est la marche harmonique par
excellence ; elle est observée dans les
principales phrases simples , composées &
progressives. Les harmonies qui se succedent par quarte ont un mouvement tem-
péré ; sans être trop fort, il est assez sensible
pour faire impression : deux notes changent chaque fois , d'une consonnance ou
d'une dissonance à l'autre, montent ou descendent pour faire place à leurs voisines.

La seconde , le plus petit intervalle, qui
sépare aussi très-souvent les harmonies de
la phrase simple , composée & progressive , paroît principalement fait pour séparer une phrase de l'autre ; car dans la
marche harmonique par seconde, trois nouvelles notes prennent chaque fois la place

de deux ou de trois notes de l'harmonie précédente.

5°. Les trois intervalles spécifiés pour séparer les premieres notes des harmonies dans leur succession, ne sont pas des espaces fixes. La quarte qui est ordinairement une distance de deux tons & demi, a par fois trois tons, & même quelquefois deux tons seulement. Dans la phrase progressive de l'article 107, la seconde & la troisieme dissonances sont séparées d'un intervalle de quarte, composé de trois tons : dans la double phrase suivante...

Ut mi sol si, dissonance de tierce,
Sol-d. si ré fa, dissonance de sensible,
La ut mi, consonnance principale.

La quarte qui sépare les deux sollicitations est un intervalle de deux tons seulement. Ici le mouvement ordinaire de la la marche par quarte n'est plus observé ; trois notes changent comme dans la marche par seconde.

La tierce qui est ordinairement une distance de deux tons ou d'un ton & demi, est par fois composée seulement d'un ton, comme dans la séparation des deux sollicitations de la phrase double suivante..

La-b. ut mi-b. sol, dissonance de sixte,
Fa-d. la-b. ut mi-b., dissonance de la sensible de quinte,
Sol si ré : — consonnance & repos de quinte.

Dans nos phrases simples nous avons déjà vu des séparations de seconde d'un ton & d'un demi-ton ; dans la phrase composée suivante nous pourrons observer un intervalle de seconde, composé de trois demi-tons, qui sépare les deux sollicitations.

Ut mi sol, .. consonnance de sixte,
Ré-d. fa-d. la ut, dissonance de sensible,
Mi sol si. — consonnance principale.

114. On ne trouve pas tant de richesses harmoniques dans chaque morceau de

Mufique, mais tout peut entrer dans la
conftruction des différens morceaux qui
compofent un Poëme ou un autre œuvre
mufical. Une feule gamme, la diffonance
de dominante, les confonnances de tonique
& de quinte avec un repos fufpenfif, fuffifent pour compléter le fens de la période.

La phrafe finale eft fufceptible de 14
répétitions dont les nuances de repos font
difparoître l'uniformité. Le repos final de
la confonnance principale eft plus ou moins
grand, felon que la baffe eft tonique, tierce
ou quinte. Chacune de ces trois baffes de la
confonnance repos, peut être amenée par
les quatre notes qui compofent la diffonance de dominante qui follicite ; de plus
la tonique & la tierce peuvent fonner à la
baffe par *anticipation,* tandis que la diffonance follicite encore : voici les 14 répétitions de la phrafe finale en *ut* majeur.

BASSES. HARMONIES.

1°. *Sol . . . fol fi ré fa ;*
　 Ut.— ut mi fol.

BASSES. HARMONIES.

2°. *Si*... *ſol ſi ré fa*,
 Ut.— *ut mi ſol.*

3°. *Ré*... *ſol ſi ré fa*,
 Ut.— *ut mi ſol.*

4°. *Fa*... *ſol ſi ré fa*,
 Ut.— *ut mi ſol.*

5°. *Sol*... *ſol ſi ré fa*,
 Mi.— *ut mi ſol.*

6°. *Si*... *ſol ſi ré fa*,
 Mi.— *ut mi ſol.*

7°. *Ré*... *ſol ſi ré fa*,
 Mi.— *ut mi ſol.*

8°. *Fa*... *ſol ſi ré fa*,
 Mi.— *ut mi ſol.*

9°. *Sol*... *ſol ſi ré fa*,
 Sol.— *ut mi ſol.*

10°. *Si*... *ſol ſi ré fa*,
 Sol.— *ut mi ſol.*

11°. *Ré*... *ſol ſi ré fa*,
 Sol.— *ut mi ſol.*

12°. *Fa*... *ſol ſi ré fa*,
 Sol.— *ut mi ſol.*

BASSES.　HARMONIES.

13°. *Ut... fol fi ré fa ,*
　　Ut.— *ut mi fol.*
14°. *Mi... fol fi ré fa ,*
　　Mi.— *ut mi fol.*

De ces 14 répétitions la premiere eſt
la plus forte , la plus concluante, c'eſt
la vraie phraſe finale ; les premieres notes
des harmonies ou leurs uniſſons figurent
au grave , la baſſe ſonne la quinte durant
la ſollicitation , & puis elle parcoure le
plus grand eſpace , franchit à la fois 4
dégrés, deſcend d'une quinte, ou bien pour
abréger le chemin , elle ne fait qu'un pas
de 3 dégrés & monte d'une quarte pour
ſonner le principal ſon du repos & pour
marquer le point harmonique.

Le repos n'eſt pas auſſi grand dans les
répétitions où la baſſe ne fait qu'un petit
pas d'un dégré pour monter ou pour deſ-
cendre ſur une note de la conſonnance.

Dans la neuvieme répétition on voit
la plus petite nuance de repos ; elle pré-

cede & prépare ordinairement , dans la
conftruction , la finale, la cadence parfaite,
le vrai point harmonique.

Dans la quatrieme répétition la baffe fait
un pas de 3 degrés & defcend d'une quarte
pour fonner la principale note du repos :
c'eft-là la cadence irréguliere , la finale
incomplette.

Dans la cinquieme répétition on peut voir
la cadence imparfaite , la baffe defcend &
tend vers la tonique , mais elle s'arrête en
chemin & fe repofe fur la tierce ou fur la
médiante.

La treizieme répétition eft principalement faite pour fixer le ton.

Les 14 répétitions font également propres aux deux modes de chaque octave : la
derniere eft plus employée en mineur
qu'en majeur.

Dans les deux exemples fuivans on
trouvera les répétitions de la phrafe finale
les plus agréables & les plus ufitées en
Mufique , elles font ordonnées avec le repos de quinte & avec un repos fufpenfif.

PÉRIODE HARMONIQUE.

Premier exemple.

BASSES. HARMONIES.

Ut,— *mi fol ut ,* intonation .
Ut — *ré fa fol fi ,*
Ut;— *mi fol* ut , le ton fixé.
Ré — *ré fa fol fi.*
Mi,— *mi fol* ut.
Ré — *ré fa fol fi.*
Ut,— *mi fol* ut.
Sol:— *ré fol fi ,* repos de quinte.
Mi,— *mi fol* ut , prononciation.
Fa — *ré fa fol fi.*
Mi,— *mi fol* ut.
Si — *ré fa fol fi.*
Ut,— *mi fol* ut.
Sol— *ré fa fol fi.*
Sol,— *mi fol* ut.
Sol— *ré fa fol fi.*
La;— *ut mi* la , repos fufpenfif.
Sol— *ré fa fol fi.*
Ut.— *ut mi fol* ut, repos final.

PÉRIODE

Période Harmonique.

Second exemple.

Basses.   Harmonies.

La,— *ut mi* la, intonation.
Si — *ſi ré* mi *ſol-d.*
Ut,— *ut mi* la.
Ré— *ſi ré* mi *ſol-d.*
Ut— *ſi ré* mi *ſol-d.*
Ut,— *ut mi* la.
Si — *ſi ré* mi *ſol-d.*
La — *ſi ré* mi *ſol-d.*
La,— *ut mi* la.
Mi:— *ſi mi ſol-d.*, repos de quinte.
Ut,— *ut mi* la, prononciation.
Si — *ſi ré* mi *ſol-d.*
La.— *ut mi* la.
La — *ut mi* la.
Si,— *ſi ré* mi *ſol-d.*, repos de phrase inverſe.
Sol-d.— *ſi ré* mi *ſol-d.*
La ;— *ut mi* la.
Mi,— *ſi mi ſol-d.*, prononciation.
Mi — *ut mi* la.

P

Basses.   Harmonies.

Mi:— *ſi* mi ſol-d. , repos de quinte.
La, — *ut mi* la , prononciation.
Si — *ſi* ré mi ſol-d.
Ut — *ut mi* la.
Ré;— ré *fa* ſi-b. , repos ſuſpenſif.
Mi — *ut mi* la , prononciation.
Mi— *ſi* ré mi ſol-d.
La.— *ut mi* la , repos final.

Reliſez la note (*o*) pag. 99 ; ici comme
ci-deſſus , dans les conſtructions des conſonnances analogues , je prends les nuances du repos final pour des repos de virgule. Les quatre marques de la ponctuation harmonique , la virgule, le point,
les deux points , la virgule & point, ſont
répétés dans la même période , qui eſt
toujours compoſée de pluſieurs parties, &
chaque partie renferme un ſens plus ou
moins complet ; toutes les parties ſont liées
& ordonnées de maniere à former un tout.
Dans le premier exemple la période eſt

composée de deux parties, le repos har‑
monique de deux points les séparent : la
premiere partie termine au repos de quinte,
& la seconde fait la conclusion au repos fi‑
nal. La premiere partie est composée de
trois phrases particulieres & de deux con‑
sonnances prononcées qui sont deux mots
détachés ; le sens de la premiere phrase
est plus complet que celui des deux au‑
tres , les trois phrases sont avec les deux
prononciations un sens déterminé , le sens
de la premiere partie. La seconde partie
est composée d'une prononciation & de
cinq phrases particulieres : le sens de la
troisieme phrase est le moins complet ,
il prépare la conclusion de la cinquieme
phrase que la quatrieme phrase suspend.
Les huit phrases particulieres des deux par‑
ties sont liées & ordonnées avec les trois
prononciations de maniere à former un
sens complet, le sens d'une période har‑
monique. Dans le présent exemple sept
des huit phrases ne sont qu'une même
phrase répétée.

Dans le second exemple la période est composée de 4 parties. La premiere termine au repos de quinte, elle renferme deux prononciations de consonnances & trois phrases particulieres, dont deux sont un peu extraordinaires; la dissonance y est prolongée pour une basse d'*anticipation*. La seconde termine au repos principal de la gamme; une prononciation avec une seule phrase complette le sens de cette partie. La troisieme commence par une phrase inverse, une phrase directe lui succéde, la consonnance de quinte y est prononcée & amenée par la consonnance principale. Dans la quatrieme partie la consonnance principale est deux fois prononcée, un repos suspensif extraordinaire est amené par une répétition de la phrase finale, & la vraie phrase finale fait la conclusion. Les quatre parties ne font qu'un tout; ici comme dans le premier exemple, les mots, les phrases, & les membres sont liés & ordonnés de maniere à for-

mer le fens complet d'une période harmonique.

115. Les répétitions de la phrafe finale font encore plus merveilleufes, fi
on varie un peu les gammes & fi on
ordonne les nuances : fixant *par exemple* un ton avec la treizieme répétition,
phrafant dans un autre pour avoir un repos leger, plaçant dans un troifieme un
repos plus fort & puis dans un quatrieme
une cadence imparfaite, une irréguliere
dans un cinquieme, enfin la préparation &
la cadence parfaite dans un fixieme, &c. Le
morceau fuivant eft un échantillon de
difcours harmonique qui a quelques pré-
tentions, quoiqu'il ne foit fondé que fur
les élémens les plus fimples. L'intonation y eft deux fois prononcée, la confonnance de quinte n'eft prononcée qu'une
feule fois ; & la confonnance de fixte fufpend un inftant la conclufion, le refte
n'eft qu'une répétition éternelle de la
confonnance principale amenée ou rap-
pellée par la diffonance de dominante.

P iij

CONSTRUCTION HARMONIQUE.

BASSES.   HARMONIES.

Ré, — ré fa la , <small>intonation du ton principal.</small>

Ut-d.— la ut-d. mi sol.

Ré, — ré fa la.

Mi — la ut-d. mi sol.

Fa; — ré fa la,

Fa-d.— ré fa-d. la ut., <small>annonce.</small>

Sol, — sol si-b. ré , <small>changement sur la quarte.</small>

La — ré fa-d. la ut.

Si-b.; — Sol si-b. ré.

Ut — fa la ut mi-b., <small>annonce.</small>

Ré, — si-b. ré fa , <small>changement sur la sixte.</small>

Mi — la ut-d. mi sol , <small>annonce.</small>

Fa; — ré fa la , <small>retour du principal.</small>

Mi — mi sol-d. si ré , <small>annonce.</small>

Mi , — la ut mi , <small>changement sur la quinte.</small>

Mi — mi sol-d. si ré.

Mi, — La ut mi.

Mi — mi sol-d. si , <small>repos de quinte.</small>

Ut, — la ut mi , <small>prononciation.</small>

Si — mi sol-d. si ré.

BASSES.   HARMONIES.

La. — *la ut mi.*

Sol — *ſol ſi ré fa* , annonce.

Ut. — *ut mi ſol* , changement ſur la ſeptieme.

Ré — *ſol ſi ré fa.*

Mi, — *ut mi ſol.*

Mi — *ut mi ſol ſi-b.,* annonce.

Fa, — *fa la ut* , changement ſur la tierce.

Fa-d. — *ſi ré-d. fa-d. la* , annonce.

Sol, — *mi ſol ſi* , changement ſur la ſeconde.

Ré-d. — *ſi ré-d. fa-d. la.*

Mi, — *mi ſol ſi.*

Ut-d. — *la ut-d. mi ſol* , annonce.

Ré, — *ré fa la* , retour du principal.

Si — *ſol ſi ré fa* , annonce.

Ut, — *ut mi ſol* , changement ſur la ſeptieme.

La — *fa la ut mi-b.* , annonce.

Si-b., — *ſi-b. ré fa* , changement ſur la ſixte.

Fa-d. — *ré fa-d. la ut* , annonce.

Sol, — *ſol ſi-b. ré* , changement ſur la quarte.

La — *ré fa-d. la ut.*

Si-b., — *ſol ſi-b. ré.*

BASSES.   HARMONIES.

Fa-d. — ré fa-d. la ut.
Sol, — fol fi-b. ré-
La — ré fa-d. la ut.
Si-b.; — fol fi-b. ré.
La — la ut-d. mi fol , annonce.
La, — ré fa la , retour du principal.
La — la ut-d. mi fol.
Si-b.; — fi-b. ré fa , fufpenfion.
La — la ut-d. mi fol.
Ré. — ré fa la , repos final.

Ré mineur eft le ton principal dans cet
exemple, les tons intermédiaires lui font
fubordonnés, tous les changemens naturels
font employés excepté le changement de
mode & le majeur de la quinte : le morceau
peut être claffé parmi les conftruQions de
l'*Ariette*. Le lecteur qui voudra effayer ce
canevas fur l'inftrument, choifira les bonnes
pofitions & les ordonnera avec la baffe. Il
pourroit bien ne pas perdre fa peine, la

simple suite de ces harmonies plaquées
peut infpirer un chant très-riche & très-
animé.

116. Si nous ajoutons la diffonance de
feconde au fonds harmonique des trois
derniers exemples , nous aurons les élémens du plus grand nombre de morceaux
de Mufique, tous fe reffentent de la *regle
de l'oclave*, qu'on prêche par-tout dans
les leçons de compofition. Confonnances
de tonique & de quinte, diffonances de
feconde & de dominante : voilà toute
la richeffe harmonique de cette fameufe
regle. Avec la diffonance de dominante
on va à la tonique, avec la diffonance
de feconde on va à la quinte. Pour l'a-
mour du *double emploi* on permet auffi à
la diffonance de feconde d'aller de tems
en tems à la tonique. En place de la fufpenfion , on permet de faire par fois la
cadence interrompue; c'eft principalement
à la diffonance de fixte qu'on impofe la
fonction d'interrompre la cadence ou le
repos final

Regle de l'Octave,

ou

Accompagnement naturel des 8 notes de la Gamme.

1°. En montant pour les deux modes.

Basses.	Harmonies.
tonique, ...	consonnance principale.
seconde.	dissonance de dominante
tierce, ...	consonnance principale.
quarte.	dissonance de seconde.
quinte : —	consonnance de quinte.
sixte (*majeure& min.*)	dissonance de seconde.
septieme *sensible*	dissonance de dominante.
octave. —	consonnance principale.

2°. En descendant pour le mode majeur.

octave.	consonnance principale.
septième *sensible* ;	consonnance de quinte.
sixte.	dissonance de seconde.
quinte : —	consonnance de quinte.
quarte.	dissonance de dominante.

Basses   Harmonies.

tierce, ... confonnance principale.

feconde . . . . . . diffonance de dominante.

tonique . — .. confonnance principale.

3°. En defcendant pour le mode mineur.

octave . . . . confonnance principale.

feptieme ; . . . . conf. *mineure* de quinte.

fixte . . . . diffonance de feconde.

quinte : — ... conf. *majeure* de quinte.

quarte . . . . diffonance de dominante.

tierce , ... confonnance principale.

feconde . . . . . . diffonance de dominante.

tonique . — ... confonnance principale.

L'accompagnement de cette regle eft fort fage ; marchant ainfi on ne fe fatigue pas , ni en montant , ni en defcendant. La confonnance principale prononce le ton , la diffonance de dominante qui fuit , le fixe & rappelle un petit repos fur la tierce ; la diffonance de feconde prépare & amene un bon repos fur la quinte. Etant peu fatigué & bien repofé

on franchit à fon aife les deux dégrés
qui reftent pour monter à l'octave : à
l'aide de la double diffonance de feconde
& de dominante, on arrive au repos de
la confonnance principale de l'octave. En
defcendant, le premier pas eft le plus difficile ; on a peur quand on regarde du
haut en bas : une paufé fur le premier dégré pour fe raffurer, & puis fur la quinte
un bon repos préparé & amené avec la
diffonance de feconde. A ce repos fuccedent deux répétitions de la phrafe finale
pour repofer encore fur la tierce & fur la
tonique.

Montant & defcendant la gamme fuivant cette regle, on emploie une prononciation, une phrafe finale double,
trois répétitions de la phrafe finale fimple,
le repos de quinte deux fois amené par
la diffonance de feconde & une fois par
la confonnance de la tonique : fi on ajou-
toit encore la vraie phrafe finale interrompue & non interrompue, on auroit un fens
complet, le fens d'une période harmonique.

117. On embellit par fois l'accompagnement de la regle de l'octave, renfor-
çant la diſſonance de ſeconde en deſcen-
dant & ſubſtituant la ſenſible de quinte à
la quarte : cette altération augmente le
repos de la quinte en mineur, en majeur
elle le change ; la diſſonance de ſeconde
renforcée devient une diſſonance de dominante & la quinte devient une tonique.
Cet embelliſſement eſt l'origine des fréquens changemens ſur la quinte ; le changement ſur la quarte n'eſt preſcrit que
dans les préceptes du ſecond ordre, il
n'a nul fondement dans la regle de l'octave, auſſi eſt-il plus rare dans les com-
poſitions muſicales : on voit plus ſouvent
le changement favori pouſſé juſqu'à la double quinte, quoiqu'il devient alors un changement extraordinaire, le ſaut de la ſeconde. Le changement de mode & la ſuc-
ceſſion des deux tons relatifs ſont encore
du reſſort des préceptes du ſecond ordre. Mais les autres changemens tant naturels qu'extraordinaires ſont négligés dans

les leçons de compofition : on ne fait pas
plus d'honneur aux confonnances & aux
diffonances de la gamme , qui né font pas
foumifes à la regle de l'octave. Si la diffonance de fixte jouit d'un petit privilège,
elle le paye bien cher ; elle eft aux ordres
du caprice & de l'ignorance, fouvent elle
interrompt la cadence fans rime ni raifon. La diffonance de fenfible eft obli-
gée de porter le nom d'*emprunt* pour
ofer fe préfenter en bonne compagnie.

Si on apperçoit par hafard une harmonie
ou un changement qui n'eft pas prefcrit par
les regles , on le critique , on le pourfuit
jufqu'à ce que le fuccès ait forcé les Doc-
teurs de le reconnoître pour une infpiration
du génie, alors on revient au chapitre vague & confus des *licences* & on le laiffe
paffer. Pour être bien venu auprès de
certaines gens , il faudroit toujours fe
préfenter par quinte & par quarte : j'étois
plus difficile encore , quand je com-
mençois à appercevoir la fageffe & la fe-
condité de la regle de l'octave ; je ne vou-

lois voir que la quinte. Je me fuis corrigé à
mefure que j'ai découvert la richeffe &
les reffources de l'art : aujourd'hui j'aime
mieux abandonner la meilleure regle de
l'efprit humain, que de méprifer la moindre beauté du génie ; je crois que le *pré-*
fent effai pourroit corriger beaucoup de
gens ; je crois auffi que le mal ne fera pas
grand, fi chacun refte comme il eft. En
Mufique tout eft bien ; ce qui ennuie
les uns, amufe les autres ; & le mot feul
intéreffe tout le monde (r).

(r) Le beau préfent des Dieux ! La Mufique
charme tous les âges ; elle eft à la portée de
l'ignorant & du fçavant ; elle infpire le culte &
le plaifir ; le remords n'eft jamais à fa fuite ;
c'eft de tous les arts le plus utile à la vie fociale.
L'*Orateur* divife les hommes ; le *Poëte* les
trompe ; le *Peintre* & le *Sculpteur* les rendent
muets & immobiles ; l'*Architecte* les fépare &
les ifole ; le *Muficien* les rappelle & les raf-
femble, les anime, leur agite le cœur, leur
fait chérir les befoins mutuels, & les unit. Le
Muficien feul a ofé polir les hommes pour les
rendre fociables, il a fçu monter leur imagi-

118. Je vais essayer encore quelques exemples , je ne m'assujettis pas aux regles , je profite des richesses & des ressources de l'art , que je prends pour un jardin public & universel ; il est aujourd'hui défriché & planté *ce jardin* : chacun peut cueillir les fleurs qu'il veut mettre à son bouquet.

O toi, Génie créateur ! viens à mon secours ; prête-moi une étincelle de ton feu divin : élevant l'art , tu élèves tes Autels.

PREMIER EXEMPLE.

Période Harmonique.

BASSES.   HARMONIES.

Ut ,... ut *mi sol* ut , intonation.
Ut ... ut fa *la* ut.
Ut ,... ut *mi sol* ut.

---

nation : eh ! s'il ne s'étoit pas brouillé avec sa sœur... — Eh bien qu'en seroit-il arrivé ? — Pardonnez un écart. — Achevez —... Chacun danseroit en mesure.

Ut

BASSES.　HARMONIES.

Ut... *ré fa* fol *fi.*
Ut ;.. ut *mi* fol ut.
Fa... *ut* fa *la ut.*
Ut,.. ut *mi* fol ut.
Sol... *fi ré* fol *fi.*
Ut.— ut *mi* fol ut.
Ut,.. ut *mi* fol ut, prononciation.
Ré... *ré fa* fol *fi.*
Mi,.. ut *mi* fol ut.
Fa... ré *fa la ut.*
Sol:.. *ré* fol *fi,* repos de quinte.
Mi,.. ut *mi* fol ut, prononciation.
Fa... *ré fa* fol *fi.*
Mi,.. ut *mi* fol ut.
Fa... *ré fa* fol *fi.*
Mi ;.. ut *mi* fol ut.
Fa... *la ut* fa *la.*
Mi,.. fol ut *mi* fol.
Ré... fol *fi ré fa.*
Ut. — fol ut *mi.*
Mi... ut *mi* fol.
Fa ;.. ut *ré fa la,* phrafe inverfe.

BASSES.   HARMONIES.

Fa... *ut* ré *fa la* .
Fa-d.; *ut mi-b.* fa-d. *la* , suspension.
Sol ,.. ut mi sol , prononciation.
Sol... *si ré fa* sol.
Ut.— *sol* ut *mi* , repos final.

SECOND EXEMPLE.

Harmonies ordonnées.

Construction d'Ariette.

BASSES.   HARMONIES.

Ut, .. *mi-b. sol* ut , intonation du ton
principal.

Ut... ré *fa la-b. ut.*
Ut... ré *fa* sol *si.*
Ut.— ut *mi-b. sol* ut.
Ré... ré *fa* sol *si.*
Mi-b., ut *mi-b. sol* ut.
Ré... ré *fa* sol *si.*
Ut.— ut *mi-b. sol* ut.
Si, .. *si ré* sol, changement sur la quinte.

BASSES. HARMONIES.

Si-b.; *ſi-b. ré* ſol, changement ſur la quinte.

La . . . la *ut-d. mi ſol* , annonce.

La, . . *la ré fa* , changement ſur la ſeconde.

La . . . *la ut mi-b.* fa , annonce.

Si-b., . ſi-b. *ré fa*, changement ſur la ſeptieme.

La-b. . . ſi-b. *ré fa la-b.* , annonce.

Sol, . . *ſi-b.* mi-b. *ſol* , changement ſur la tierce , ton relatif.

La-b. . . *mi-b.* fa *la-b. ut.*

Si-b., . mi-b. *ſol ſi-b.*

Si-b. . . . ré *fa la-b.* ſi-b.

Mi-b. ——ſi-b. mi-b. *ſol*, repos final.

Mi. . . ut *mi ſol ſi-b.* , annonce.

Fa, . . *ut* fa *la-b.*, changement ſur la quarte.

Ré-b. . . *ré-b.* fa *la-b.* ſi.

Ut:—— ut *mi ſol* ut, repos de quinte.

La-b., ut *mi-b.* la-b. changement ſur la ſixte.

La-b. . . fa *la-b.* ré-b.

La-b., *mi-b.* la-b. ut.

Q ij

BASSES.   HARMONIES.

La-b.   ré-b. mi-b. *ſol.ſi-b.*

La-b.,   ut mi-b. la-b.

La-b. fa la-b. ré-b.

La-b. , mi-b. la-b. *ut.*

La-b. ré-b. mi-b. *ſol ſi-b.*

La-b. ——ut mi-b. la-b.

La ;... ut mi-b. *ſol-b.* la, annonce de ſi-b. mineur, ſaut de ſeptieme.

La ; .. ut mi-b. fa *la,* annonce encore en *ſi-b.*

La. ... mi-b. fa-d. *la ut ,* annonce en *ſol,* tranſition & ſurpriſe enharmonique.

La. ... ré *fa-d. la ut,* ſeconde annonce.

Si-b., ré ſol *ſi-b.,* changement ſur la quinte.

Si. ... ré fa ſol *ſi,* annonce.

Ut, ... ut mi-b. *ſol* ut , retour du ton principal.

Fa. ... ré fa ſol *ſi.*

Mi-b., ut mi-b. *ſol* ut.

Fa. ... ré *fa* la-b. ut.

Sol, .. ut mi-b. *ſol.* ut.

Sol ... ré fa ſol *ſi.*

Ut. ——. ut mi-b. *ſol* ut , repos final.

TROISIEME EXEMPLE.

Harmonies ordonnées.

Construction d'Ariette.

BASSES.	HARMONIES.

Mi,... *ſi* mi *ſol-d.ſi*, intonation du ton
principal.

Mi... *ut-d.* mi la *ut-d.*

Mi,... *ſi* mi *ſol-d. ſi.*

Mi... *ſi ré-d. fa-d. la.*

Mi,... *ſi* mi *ſol-d.*

Mi... *mi* la *ut-d.*

Mi... *fa-d. la* ſi *ré-d.*

Mi.— mi *ſol-d. ſi* mi.

Ut-d. *ut-d.* mi la.

Si,... *ſi* mi *ſol-d.*

La.... *la* ſi *ré-d. fa-d.*

Sol-d., *ſol-d. ſi* mi.

La.... *mi* la *ut-d.*

Sol-d., mi *ſol-d. ſi.*

Fa-d. ſi *ré-d. fa-d. la.*

Mi;.. *ſi* mi *ſol-d.*

La.... mi fa d. *la ut-d.*

Si,.... mi *ſol-d. ſi.*

Q iij

BASSES.   HARMONIES.

Si-d.   fi-d. ré-d. fa-d. la.

Ut-d. ;   ut-d. *mi fol-d.* , repos fufpenfif.

La . . .   mi fa-d. *la ut-d.*

Si, . . .   mi *fol-d. fi.*

Si . . .   fi *ré-d. fa-d. la.*

Mi . —   *fi* mi *fol-d.* , repos final.

Ut d. ,   *ut-d. mi* la , chang. fur la quarte.

Ré . . . .   ré mi *fol-d. fi.*

Ut-d. ,   *ut-d. mi* la.

Ré . . . .   ré mi *fol-d. fi.*

Ut-d. ,   *ut-d. mi* la.

Ré . . . .   *la* ré *fa-d.*

Ut-d. ,   la *ut-d. mi.*

Si . . . .   mi *fol-d. fi ré.*

La , . .   mi la *ut-d.*

Fa d.   *fa-d. la ré.*

Mi, . .   mi la *ut-d.*

Ré . . .   ré mi *fol-d fi.*

Ut-d. ;   *ut-d. mi* la.

Ut-d.   ut-d. mi fa-d. *la-d.* , annonce.

Si ; . . .   ré *fa-d.* fi , faut de quinte.

Si . . .   ré *mi-d. fol-d. fi* , annonce.

RASSES.   HARMONIES.

La ,.. *ut-d.* fa-d. *la*, chang. fur la feconde.

Si... *fa-d.* fi *ré.*

Ut-d. *mi-d.* *fol-d.fi* ut-d.

Fa-d. — *ut-d.* fa-d. *la* , repos final.

Ré-d. fi *ré-d. fa-d.* fi , annonce.

Mi, .. fi mi *fol-d.* fi , retour du principal.

Fa- d. fi *ré-d. fa-d.* fi.

Sol d., fi mi *fol-d.* fi.

Ré-d. fi *ré-d. fa-d.* fi.

Mi,.. fi mi *fol-d.* fi.

Fa- d. fi *re-d. fa-d.* fi.

Sol-d.; fi mi *fol-d.* fi.

La ... *mi* la *ut-d.*

La ... *fa-d.* la fi *ré-d.*

Sol-d., mi *fol-d.* fi mi.

La ... fa-d. *la ut-d. mi.*

Si, ... *fol-d.* fi mi.

Si .... *fa-d.* fi *ré-d.*

La-d. ; *fol* la-d. *ut-d. mi* , fufpenfion.

La ... *fa-d.* la fi *ré-d.*

Sol-d., mi *fol-d.* fi mi.

La ... fa-d. *la ut-d. mi.*

Basses.   Harmonies.

Si,... *sol-d. si* mi.
Si... *fa-d. la* si *ré-d.*
Mi.-- mi *sol-d. si* mi , repos final.

Quatrieme Exemple,

Harmonies ordonnées.

Construction d'Ariette,

Basses,   Harmonies.

La,.. *ut mi* la, intonation du ton principal,
Ré... *la* ré *fa.*
Ut,.. la *ut mi.*
Si..., mi *sol-d. si* ré.
La,.. mi la ut.
Ré... *fa la* si ré.
Mi,.. mi la ut.
Mi... ré mi *sol-d. si.*
La.--- *ut mi* la , repos final.
Sol,.. mi *sol si* mi ; chang. sur la quinte.
Fa-d. *fa-d. la* si *ré-d.*
Mi;.. mi *sol si* mi.

BASSES.	HARMONIES.

Ut... *ut mi fol* la-d.

Si: --- fi *ré-d. fa-d.* fi, repos de quinte.

Sol-d., mi *fol-d. fi*, chang. fur la quinte.

La... *mi* la *ut-d.*

Sol-d., mi *fol-d. fi.*

Fa-d. fi *ré-d. fa-d* la.

Mi;.. fi mi *fol-d.*

Sol-d. mi *fol-d. fi ré*, annonce.

La , .. *mi* la *ut-d.* , changement de mode.

Ré... *la ré fa-d.*

Ut-d., la *ut-d.* mi.

Si.... mi *fol-d. fi ré.*

La.--- *mi la ut* d.

Ré ;.. *ré fa la ré*, changement fur la quarte.

Ut ;.. *ut mi* la *ut*, retour du principal.

Ré... *la ré fa.*

Ut, .. la *ut mi.*

Si... mi *fol-d. fi ré.*

La.— *mi* la *ut.*

La... *mi* la *ut-d.* , annonce.

La, .. *fa la ré* , changement fur la quarte.

La... *fol* la *ut-d.* mi.

BASSES. HARMONIES.

La, .. *fa la* ré.

Si-b... *fa* fol-d. o ré.

La ; .. *fa la* ré.

Sol-d... *fa* o *fi* ré.

La ; .. *fa la* ré.

Si-b... *fa* fol-d. o ré.

La . . . . *fa la* ré.

Sol-d. *fa* o *fi* ré.

La : — *mi* la *ut-d.*, repos de quinte.

Fa . — *ut* fa *la ut*, changement fur la fixte.

Fa . . . . *fa* fi-b. ré.

Fa , . . fa *la* ut.

Fa . . . ut *mi fol fi-b.*

Fa , . . ut fa *la.*

Fa . . . *fa* fi-b. ré.

Fa , . . fa *la* ut.

Fa . . . *fa* fi-b. ré.

Fa . . . *fol fi-b.* ut *mi.*

Fa. — fa *la* ut fa.

Fa . . . *fa* fol *fi* ré , annonce.

Mi, . . . *mi fol* ut , changement fur la tierce.

BASSES.   HARMONIES.

Mi. . . *mi ſol* la *ut-d.* , annonce.

Fa , . . *fa la* ré, changement ſur la quarte.

Fa . . . *ré fa* ſol *ſi* , annonce.

Mi, . . ut *mi ſol* ut , chang. ſur la tierce.

Fa . . . ut ré *fa* la.

Fa-d. ; *ut mi-b.* fa-d. *la* , ſuſpenſion.

Sol. . . ut *mi ſol* , prononciation.

Sol. . . *ſi ré fa* ſol.

Ut. — *mi ſol* ut , repos final.

Ut. . . *ſol* ut *mi.*

Ut ; . . *la ut* ré *fa* , phraſe inverſe.

Ut. . . *la ut* ré *fa-d.* , annonce.

Si, . . *ſi* ré ſol, changement ſur la ſeptieme.

Si . . . *ſi* ré mi *ſol-d.* , annonce.

Ut, . . *ut mi* la , retour du principal.

Ut-d. *ut-d. mi* fa-d. *la-d.* , annonce.

Ré, . . *ré fa-d.* ſi, chang. ſur la ſeconde.

Ré-d. ſi *ré-d. fa-d. la* , annonce.

Ré. . . *ſi ré* mi *ſol-d.* , annonce.

Ut, . . *ut mi* la , retour du principal.

Si . . . *ſi ré* mi *ſol-d.*

La , . . *ut mi* la.

BASSES.   HARMONIES.

Mi: — *ſi* mi *ſol-d.*, repos de quinte.

La. . . . *ut mi* la , progreſſion.

La. . . . la *ut mi ſol.*

Ré . . . *la* ré *fa.*

Ré . . . *la ut* o *fa.*

Sol. . . *ſi ré* ſol.

Sol. . . ſol *ſi ré fa.*

Ut. . . *Sol* ut *mi.*

Ut. . . *ſol ſi* o *mi.*

Fa. . . *la ut* fa.

Si . . . *la* o *ré fa.*

Mi. . . *ſol-d. ſi* mi.

Ré. . . *ſi* o *mi ſol-d.*

Ut, . . *ut mi* la.

Ré . . . ſi *ré fa la.*

Ré- *d.;* ut *ré-d. fa-d.la* , ſuſpenſion.

Ré- *d.;* ſi *ré-d. fa-d. la* , annonce.

Ré. . . *ſi ré* mi *ſol-d.*

Ut, . . *ut mi* la.

Ré. . . ſi *ré fa la.*

Mi, . . *ut mi* la.

Mi. . . *ſi ré* mi *ſol-d.*

La. — la *ut mi* la , repos final.

Je profite de la permiffion que j'ai donné au difciple, page 186, pour l'exemple de l'article 102, je double fouvent l'uniffon d'une des notes de l'harmonie confonnante, & dans le quatrieme morceau j'omets auffi par fois l'uniffon de la baffe dans l'harmonie diffonante, j'indique cette omiffion par un zéro qui tient chaque fois la place de la note omife.

CINQUIEME EXEMPLE.

Harmonies ordonnées.

Conftruction de Récitatif.

BASSES.   HARMONIES.

Si, .. fi *ré-d. fa-d.* fi, intonation du premier ton.

Si . . . *ut-d. mi* fa-d. *la-d.*

Si. — fi *ré-d. fa-d.* fi.

Ré-d. fi *ré-d. fa-d. la*, annonce.

Mi, .. *fi* mi *fol-d.*, ligne de quarte, ton intermédiaire.

Ré-d. ré-d. fa-d. la fi-d. , annonce.

Ut-d., mi *fol-d.* ut-d., détour fur la fixte.

BASSES.	HARMONIES.

Ut-d., *ut-d. mi* la , détour fur la fixte.

Ut-d. la *ut-d. mi fol* , annonce.

Ré, . . la ré *fa-d.* , ligne de quarte.

Ré. . . la ut ré *fa-d.* , annonce.

Ré , . . *fi ré fol* , ligne de quarte.

Ré. . . la *ut-d. mi fol* , annonce.

Ré. — la ré *fa-d.* , ligne de quinte.

Fa-d. ré *fa-d.* la ut , annonce.

Sol , . ré fol *fi* , ligne de quarte.

Fa-d. ré-d. *fa-d.* la ut , annonce.

Mi. — mi *fol fi* , détour fur la fixte.

Mi, . . ut *mi fol* ut , détour fur la fixte.

Mi-b. , ut *mi-b. fol* ut , changement de mode.

Ré. . : fi ré fa *la-b.*

Ut. — ut *mi-b. fol.*

Ut. . . ut ré *fa-d. la* , annonce.

Si-b. , *fi-b.* ré fol , ligne de quinte.

Si , . . *fi ré* fol , changement de mode.

Si. . . *fi ré* mi *fol-d.* , annonce.

La. — *ut mi* la , detour fur la feconde.

La, . . ut fa *la* , detour fur la fixte.

La. . . ut *mi-b.* fa *la* , annonce.

BASSES.   HARMONIES.

Si-b., *ré fa* fi-b. , ligne de quarte.
Si . . . *fa* fol *fi ré* , annonce.
Ut , . . mi *fol* ut , faut de feconde , der-
          nier ton.

Ut. . . . *mi fol* ut.
Sol: — *ré* fol *fi.*
Sol. . . . *ré fa* fol *fi.*
Ut. — ut *mi fol* ut.

SIXIEME EXEMPLE.

Harmonies ordonnées.

Conftruction de Récitatif.

BASSES.   HARMONIES.

Ut, . . ut *mi fol* ut , intonation du pre-
          mier ton.
Ut. . . . ut *mi fol fi-b.* , annonce.
Fa, . . ut fa *la* , ligne de quarte , ton in-
          termédiaire.
La , . . fa *la* ut fa , prononciation.
La. . . . fa *la* ut *mi-b.* , annonce.

| BASSES. | HARMONIES. |

Si-b. , *fa* fi-b. *ré* , ligne de quarte.

La-b. *fa* o fi-b. *ré*, annonce.

Sol,.. *fol fi-b.* mi-b. , ligne de quarte.

Fa... fa *la ut mi-b.*, annonce.

Si-b.-- *fa* fi-b. *ré*, ligne de quinte.

Si-b. *mi fol fi-b.* ut, annonce.

La ,.. fa *la ut* , ligne de quinte.

La-b.; fa *la-b. ut* , changement de mode.

Sol... *ré fa fol fi* , annonce.

Sol,.. ut *mi-b. fol* ut, ligne de quinte.

Sol:— *ré fol fi* , repos de quinte.

Ut,... ut *mi fol* ut, changement de mode.

Mi,.. ut *mi fol* ut.

Sol,.. ut *mi fol* ut.

Si-b.; ut *mi fol* o ut, annonce pour le
          ton *fa* , ligne de quarte.

Si-b.; ut-d. *mi fol* o ut-d. , annonce.

Ré, .. ré *fa la* ré , détour fur la fixte.

Fa,.. ré *fa la* ré.

La,.. ré *fa la* ré.

Ut;.. ré *fa-d. la* o ré , annonce pour le
          ton *fol* , ligne de quarte.

                                    Ut

BASSES.	HARMONIÉS.

Ut . . . ré-d. *fa-d. la* o ré-d., annonce.

Si . . . ré-d. fa-d. la o ré-d., annonce.

Si, . . . mi *fol fi* mi, faut mineur de 3 demi-tons plus bas.

Ut . . . mi *fol* la-d. o.

Si, . . . mi *fol fi.*

La-d. ; mi *fol* o *ut-d.*, fufpenfion avec les
4 *appels* mineurs de quinte.

La . . . mi *fol* o *ut-d.*, annonce.

La, . . . *fa la* ré, faut de feptieme.

La . . . *fol fi-b.* ut-d. *mi.*

La, . . . *fa la* ré.

La . . . ré *fa* fol-d. *fi.*

La. — *ut-d. mi* la , repos de quinte.

Fa-d., ré *fa-d. la* ré, changement de mode.

Mi . . . mi *fol* la-d. *ut-d.*, annonce.

Ré, . . . ré *fa-d.* fi, détour fur la fixte.

Ré-d. ; fi ré-d. *fa-d.* fi, chang. de mode.

Mi-b. . . ut *mi-b. fol-b.* la , annonce.

Ré-b., ré *b. fa* fi-b., détour fur la feptieme
par *tranfition enharmonique.*

R

BASSES.   HARMONIES.

Ut... ut *mi fol fi-b.* , annonce.
Ut,.. *ut* fa *la-b.* , ligne de quinte , der-
nier ton.
Ut:— ut *mi fol* , repos fur la quinte.

119. Chaque morceau de la conftruction d'*Ariettes* renferme le fonds harmonique d'un difcours , mais après chaque
morceau de la conftruction de *récitatifs*,
il faut ajouter une *Ariette* pour complet-
ter le fens d'un difcours mufical.

Il y a deux fortes de *récitatifs* , le
récit fimple , & le *récitatif obligé* : leur
conftruction eft la même , le fecond ne
différe du premier que par la richeffe des
harmonies & des accompagnemens.

120. Avec les confonnances &, diffonances totales & réglées , on trouve encore dans la conftruction muficale des
harmonies incomplettes & irrégulieres. Nos
Compofiteurs omettent fouvent dans leurs
partitions une note de l'harmonie confonnante , ils omettent auffi une & deux

notes de l'harmonie diſſonante ; les deux premieres notes *ut mi* figurent par fois pour la conſonnance de la tonique *ut mi ſol* : de la conſonnance de quinte *ſol ſi ré* , on ne voit ſouvent que les deux dernieres notes *ſi ré* ou les extrêmes *ſol ré*. Pour diſſonance de dominante du même ton *ut* , on trouve tantôt *ſol ſi o fa* , tantôt *ſol o ré fa* , tantôt *o ſi ré fa* , & par fois ſeulement *ſol o o fa* : je connois même des portions de phraſes & des phraſes entieres qui font un grand effet, quoique toutes les parties ſoient à l'uniſſon.

Dans les mêmes *partitions* on trouve ſouvent des enſembles excellens de trois notes, d'une même gamme, qui n'ont nul renverſement , nulle poſition qui puiſſe répondre aux nombres 1, 3, 5, ordre & diſtance naturel des trois notes d'une harmonie ; *mi ſol*, dernieres notes de la conſonnance de la nature en *ut* , ſont combinées avec l'*appel ré*, ſeconde de la gamme ; & l'*appel fa* , quarte de la gamme, eſt combiné avec les extrêmes, *ut ſol*,

R ij

de la même confonnance : la confonnance de la quinte eft altérée fuivant les
mêmes proportions : aujourd'hui pour
pouvoir *fyncoper* (c'eft-à-dire traîner une
note de la gamme fur la fuivante) on altere ainfi toutes les confonnánces analogues de la gamme.

On a d'abord critiqué ces omiffions &
ces altérations ; enfuite on les a applaudi ;
& puis pour diminuer un peu le gros
chapitre des *licences* , on a imaginé
des termes nouveaux ; enfin on a ex-
pliqué ces paffages extraordinaires , difant que ce font des *accords* (s) *incomplets*
& *irréguliers.*

_____

(s) *Accord* eft le mot propre pour défigner
le rapport qu'ont les fons des deffus avec la
baffe ; comme je ne confidere ici l'enfemble
des fons que par rapport à la gamme , je
continue de dire *harmonies incomplettes & harmonies irrégulieres.*

On n'eft pas trop d'accord en Mufique fur
la fignification du mot *harmonie* ; on dit cet
inftrument a une belle *harmonie*, cette voix eft

Pour remplir fcrupuleufement le texte de *cet eſſai* , je m'arrête encore un peu

---

bien *harmonieuſe* : une autre fois le mot *harmo-nie* repréſente une ſuite d'accords : dans mes Ou-vrages il figure pour chaque combinaifon muſi-cale de notes qui peuvent fonner enſemble & à la fois dans une même gamme. Selon moi l'en-ſemble des fons *ut*, *mi* & *ſol* eſt en *ut* l'harmonié confonnante de la tonique , ſoit qu'elle s'accorde avec la baſſe *ut* , avec la baſſe *mi* , ou avec la baſſe *ſol* : dans le même ton l'enſemble des trois premiers *appels ſi, re, fa* avec le dernier fon de la nature , *ſol* , eſt l'harmonie diſſonante de la do-minante *ſol* , ſoit qu'elle s'accorde avec la baſſe *ſol*, avec la baſſe *ſi* , avec la baſſe *ré*, avec la la baſſe *fa* , ou avec les baſſes d'*anticipation* , *ut*, *mi* & *mi -bémol*.

L'enſemble *ut mi ſol* eſt communément nommé *accord parfait* & *fondamental* des confonnances ; l'enſemble *ſol ſi ré fa* eſt nommé *accord de ſeptie-me* & *fondamental* des diſſonances.

Si je me ſuis un peu écarté de l'uſage ordi-naire en préférant le mot *harmonie* aux deux mots *accord fondamental* , c'eſt pour pouvoir in-diquer clairement ſans équivoques & avec un peu

pour éclaircir & pour développer ces enfembles & ces combihaifons de fons incomplettes & irrégulieres.

---

de fimplicité , le rang que chaque confonnance
& chaque diffonance tiennent dans la gamme. D'ailleurs ayant eu à parler de fix confonnances & de
fept diffonances pour chaque ton majeur , de
fept confonnances & de quatorze diffonances pour chaque ton mineur ; j'aurois heurté plus
encore l'ufage reçu , fi j'avois répété tant de fois
les mots facrés. . .

   Si je développe les pofitions ou les renverfemens des harmonies , abftraction faite du rapport
d'intervalle & d'accord avec la baffe , c'eft pour
ne pas trop charger la mémoire du difciple ; car
l'harmonie diffonante de dominante feule fait
avec fes 4 baffes naturelles & avec fes 3 baffes
d'anticipation, fept rapports d'intervalles & d'accords différens, & par conféquent fept noms
compofés & fept fignes à retenir pour une feule
harmonie , tandis que tous les noms & tous
les fignes d'accords font inutiles pour l'intelligence du fens mufical : l'important . , les élémens effentiels pour toutes les parties de la Mufique font . . . 1°. la connoiffance de la marche

121. La division de fons de l'octave en fons de la *nature* & en fons *appels* bien méditée, tout eft parfait dans la *partition* des hommes de génie. Aux yeux de l'art toutes les infpirations font complettes & régulieres; c'eft par pareffe ou par ignorance qu'on a par fois voulu borner le talent.

Tous les enfembles de notes d'une même gamme, dictés par le génie muſical, font ou des harmonies diffonantes ou des harmonies confonnantes, ils chagrinent un peu l'oreille pour faire naî-tre le défir, ou bien ils la contentent & la repofent. Les notes des harmonies fpé-cifiées contraftent les unes avec les autres; les diffonances préparent, follicitent & amenent le retour des confonnances *repos*,

des harmonies entr'elles & par rapport à la gamme. 2°. La connoiffance de la marche des baffes entr'elles & par rapport à la gamme. C'eft ce qu'on croira peut-être un jour, quand on aura étudié & médité le *préfent Ouvrage.*

R iv

Les harmonies, qu'on nomme incomplettes ou irrégulieres, ont la même propriété ; elles agiffent également les unes fur les autres ; fouvent elles augmentent le nombre des follicitations & phrafent avec les confonnances régulieres ; elles font, comme les harmonies ordinaires, ou dese nfembles de purs fons de la *nature*, ou des enfembles de purs fons *appels*, ou bien des combinaifons mixtes de fons de la *nature* & de fons *appels* d'une même octave.

Le Tableau fuivant expofe les principales & les plus fréquentes de ces harmonies de feconde claffe.

TABLEAU

Des principales harmonies incomplettes & irrégulieres, pour l'octave d'ut.

Ut mi . . Confonnance des 2 premiers fons de la nature.
Ut mi-b. conf. des 2 premiers fons de la nature.
Mi fol. . conf. des 2 derniers fons de la nature.
Mi-b. fol conf. des 2 derniers fons de la nature.
Ut fol . . conf. des extrêmes de la nature.

Si ré ... conf. des 2 premiers ou forts *appels.*

Ré fa ... conf. des moyens *appels.*

Fa la ... conf. des 2 derniers ou foibles *appels.*

Fa la-b. conf. des 2 derniers ou foibles *appels,*

Si fa . . diff. des extrêmes des 3 premiers ou forts
appels.

Si la . . diff. des extrêmes des *appels.*

Si la - b. diff. des extrêmes des *appels.*

Ut la , . conf. de la tonique avec le foible *appel.*

Ut la-b. conf. de la tonique avec le foible *appel.*

Ut fa-d. diff. de la tonique avec la fenfible de
quinte.

Sol fi . . conf. de la quinte avec le fort appel.

Sol ré . . conf. de la quinte avec le moyen *appel*
feconde.

Sol fa . . diff. de la quinte avec le moyen *appel*
quarte.

Sol la-b. diff. de la quinte avec le foible *appel.*

Ut fa ... conf. de la tonique avec le moyen *appel* quarte.

Ut ré . , diff. de la tonique avec le moyen *appel*
feconde.

Si ré fa diff. des 3 forts *appels.*

Sol ré fa diff. de la quinte avec les moyens *appels.*

Ut fa fol diff. des extrêmes de la confonnance de
la nature avec le moyen *appel* quarte.

Ré mi fol diff. des derniers fons de la confonnance
de la nature avec le moyen *appel* feconde.

Les noms que je donne à ces harmonies de feconde claffe indiquent leur nature & en même temps leur place dans la conftruction. Les confonnances qui ne renferment que des fons de la *nature* font les repos ; les confonnances de purs *appels*, les confonnances mixtes & les diffonances doivent être fuivies immédiatement d'un repos à moins qu'elles ne fe fuccedent pour folliciter en corps une confonnance repos.

La confonnance de la quinte avec le fort *appel* eft fouvent repos elle-même, la diffonance de la tonique avec la fenfible de quinte exige fon retour.

La confonnance de la tonique avec le foible *appel* eft par fois repos *fufpenfif*.

L'harmonie des 3 forts *appels* & la diffonance de leurs extrêmes exigent le repos de la confonnance des premiers fons de la nature.

L'harmonie des deux forts *appels* peut être fuivie de la confonnance des premiers fons de la nature, mais elle ne phrafe qu'avec la tonique qui feule peut fauver la diffonnance qu'elle fait dans la gamme.

L'harmonie des extrêmes des *appels* ne demande que les extrêmes de la *nature*.

Les harmonies mixtes *fol fi*, *fol ré* & *fol fa* peuvent être fuivies des extrêmes où des derniers fons de la nature, mais elles ne phrafent qu'avec la confonnance des premiers : dans un cas la quinte commune refte immobile, & dans l'autre elle eft échangée pour la tierce ou pour la tonique.

Les deux dernieres diffonances fufpendent & follicitent le premier ou le fecond fon de la confonnance totale.

Les harmonies irrégulieres & incomplettes ont des renverfemens de pofitions comme les harmonies ordinaires. *Par exemple*, les deux notes de la premiere confonnance du tableau peuvent fonner à la fois dans la pofition *ut mi* & dans la pofition *mi ut* ; chaque fon des harmonies de deux notes peut fonner à l'aigu & au grave : les trois notes de la derniere diffonance du tableau peuvent fonner à la fois dans la position *ré mi sol* , dans la position *mi sol ré* & dans la position *sol ré mi* ; chaque son des harmonies de trois notes peut sonner au grave au milieu & à l'aigu.

La basse de ces harmonies extraordinaires n'a pas tant d'analogie avec les harmonies reglées , nous avons vu ci-dessus que l'unisson de chaque note de l'harmonie figuroit naturellement à la basse ; ce n'est pas la même chose ici ; rarement on voit à la basse , dans les partitions *inspirées* , l'unisson d'une note de l'harmonie , la tonique & la quinte de la gamme sont les basses par excellence ; on voit plus souvent les unissons aigus répétés. La sixte mineure est aussi privilégiée pour servir de basse à la dissonance de tonique avec la sensible de quinte.

Les deux dernieres dissonances du tableau n'ont jamais à la basse que la premiere note de la consonnance repos , dont elles suspendent pour un instant le premier ou le second son.

L'exemple instruira mieux sur l'emploi

de ces harmonies extraordinaires, que le difcours.

EXEMPLES

Sur l'emploi des harmonies incomplettes & irrégulieres pour l'octave d'ut.

Iᵉ.

BASSES.   HARMONIES.

Ut.. *la ut* , confonnance mixte.

Ut.. *fol fi* , confonnance mixte.

Ut.. *fa la* , conf. des foibles *appels.*

Ut,.. *mi fol*, conf. des derniers fons de la nature.

Ut.. *fa la.*

Ut.. *mi fol.*

Ut.. *ré fa* , conf. des moyens *appels.*

Ut;.. *ut mi*, conf. des premiers fons de la nature.

Ut.. *la fa.*

Ut.. *fol mi.*

Ut.. *fa ré.*

Ut,.. *mi ut.*

Ut.. *fa ré.*

Ut.. *ré fi*, confonnance des forts *appels.*

BASSES HARMONIÉS.

Ut;.. mi ut.
Ut.. fa la.
Ut.. ré fa.
Ut.. ſi ré.
Ut.— ut , octave.

II.

Sol.. ſi ré , conſonnance des forts *appels.*
Sol.. ut mi , conſonnance des premiers ſons de
la nature.

Sol;.. ré fa , conſ. des moyens *appels.*
Sol... mi ſol, conſ. des derniers ſons de la nature.
Sol.. ré fa.
Sol.. ut mi.
Sol:— ſi ré.
Sol.. ſi ré.
Sol.. ut mi-b., conſ. des premiers ſons de la nature.
Sol,.. ré fa.
Sol.. mi-b. ſol, conſ. des derniers ſons de la nature.
Sol.. ré fa.
Sol.. ut mi-b.
Sol:— ſi ré.

IIIᵉ.

BASSES.   HARMONIES.

Sol.. *fa la,* confonnance des foibles *appels.*

Sol,.. *mi fol,* conf.des derniers fons de la nature.

Sol.. *ré fa,* conf. des moyens *appels.*

Sol; —*ut mi,* conf.des premiers fons de la nature.

Sol.. *fa la-b.,* conf. des foibles *appels.*

Sol,.. *mi-b. fol,* conf. des derniers fons de la nature.

Sol.. *ré fa.*

Sol... *ut mi-b.,* conf. des premiers fons de la nature.

La-b.; *fi ré,* confonnance des forts *appels.*

Sol.. *ré fa.*

Sol.. *ut mi-b.*

Sol;.. *fi ré.*

La-b. *ut ut.*

La-b. *ut fa-d. ut;* diff. de la tonique avec
                la fenfible de quinte.

Sol.—*fi fol fi,* conf. mixte, repos.

IVᵉ.

Ut,.. *mi ut,* conf. des premiers fons de la nature.

Sol.. *fol ré,* conf. mixte.

Ut,.. *ut mi.*

Basses.   Harmonies.

Sol.. *fol ré.*

Ut,.. *mi ut.*

Sol.. *fol ré.*

Ut.. *ut mi.*

Ut.. *ré fa ,* confonnance des moyens *appels.*

Ut.. *mi fol ,* conf. des derniers fons de la nature.

Ut.. *ré fa.*

Ut.. *ut mi.*

Sol.. *fol ré.*

Ut.— *mi ut.*

V^e.

Sol.. *fol ,* octave.

Sol.. *fol la-b. ,* diff. de la quinte avec le foible *appel.*

Sol,.. *fa la-b.,* conf. des foibles *appels.*

Sol.. *ré fi ,* conf. des forts *appels.*

Sol,.. *mi-b. ut,* conf. des premiers fons de la nature.

Sol.. *fi ré.*

Sol,.. *ut mi-b.*

Sol.. *la fa-d.,* conf. des forts *appels* en *fol.*

Sol.— *fi fol,* conf. des premiers fons de la nature en *fol.*

VIe.

VIe.

Basses Harmonies.

Ut .. *mi ſol ré*.

Ut,.. *mi ſol ut*, confonnance de la tonique.

Sol.. *ré ſol ut*.

Sol,.. ré ſol *ſi*, conf. de la quinte.

La .. *ut mi ſi*.

La,.. *ut mi* la , conf. de la ſixte.

Mi.. *ſi mi la*.

Mi,.. *ſi* mi *ſol* , conf. de la tierce.

Fa .. *la ut ſol*.

Fa,.. *la ut fa* ,confonnance de quarte.

Ut .. *ſol ut fa*.

Ut.— *ſol* ut *mi* , confonnance de tonique.

Sol .. ſol *ſi* ré, confonnance de quinte.

Sol .. *ſol* ut *mi*, confonnance de tonique.

Sol,.. *ſol ré fa* , diff. de la quinte avec les
moyens *appels*.

Sol .. *ſol ſi* , conf. de la quinte avec le fort
appel.

Sol .. *ſol ut*, extrêmes de la nature.

Sol .. *ſol ré*,conf. de la quinte avec le moyen
appel feconde.

S

BASSES. HARMONIES.

Sol .. ſol mi , derniers ſons de la nature.

Sol; .. ſol fa, diff. de la quinte avec le moyen
appel quarte.

Ut, .. ut mi, premiers ſons de la nature.

Ut .. ré fa , moyens appels.

Ut .. mi ſol, derniers ſons de la nature.

Si .. fa la , foïbles appels.

Ut.— mi ſol.

Fa .. fa ré.

Fa-d. mi ut.

Sol:— ré ſi.

Sol .. ſi ſol.

Sol .. ſi la-b. , extrêmes des appels.

Sol .. ſi ſol.

Sol .. ſi fa, extrêmes des forts appels.

Fa-d.; ut mi-b., premiers ſons de la nature.

Fa .. ſi ré, forts appels.

Mi-b., ut, tonique.

Fa .. ut ré, diff. de la tonique avec le moyen
appel ſeconde.

Sol .. ut mi-b.

BASSES.   HARMONIES.

La-b.; *ut fa* , conf. de la tonique avec le moyen
appel quarté.

Sol . . *ut mi-b.*

Fa . . *ut ré.*

Mi-b., *ut.*

Mi ; . . *ut fol* , extrêmes de la nature.

Fa . . *ut la* ; conf. de la tonique avec le foible *appel.*

Fa-d. ut ré.

Sol.— *fi ré.*

Sol . . *fi fol.*

Sol ; . . *fi la* , extrêmes des *appels.*

Fa . . *fi la.*

Fa . . *fi fol.*

Mi . . *fi fol.*

Mi , . . *ut fol.*

Fa . . *ut la.*

Fa, . . *fa ré.*

Sol . . *mi ut.*

Sol . . *ré fi.*

La ; . . *ut la* , conf. de la tonique avec le foible
appel

Sol . . *ré fi.*

S ij

Basses.   Harmoniès.

Ut.— mi ut.

Ut .. fa sol ré, diff. de la quinte avec les
                          moyens appels.

Ut, .. mi sol ut.

Ut .. ré fa si, diffonance des trois forts appels.

Ut.— ut mi ut.

Le difciple qui voudra prononcer ces
exemples, placera les harmonies vers le
milieu de l'inftrument, & approchera la
baffe de l'harmonie : s'il trouve le tout
trop maigre, il pourra doubler les notes
de baffe & ajouter chaque fois leur uniffon
grave ; il pourra auffi doubler une note
de l'harmonie & ajouter fon uniffon aigu,
évitant pourtant les extrêmes de l'inftrument, concentrant la fuite dans les trois
octaves de fa, & ferrant l'harmonie &
la baffe de maniere à ne jamais occuper
plus d'étendue que deux octaves & une
tierce. (art. 68.)

Prononçant ces exemples fur l'inftru-

ment , on peut auſſi les régler , les animer
& les embellir avec la meſure, avec le mouvement & avec les variations de batte-
ries expliquées à la fin de la premiere
partie. Si ces harmonies incomplettes &
irrégulieres charment ſouvent plus l'o-
reille que les harmonies ordinaires , l'eſ-
prit n'eſt pas auſſi ſatisfait par leur no-
menclature : l'éclairciſſement qui ſuit ,
contentera peut-être quelques Lecteurs.

Nommant les harmonies incomplettes
& irrégulieres , je fais abſtraction de la
baſſe , car le total fait ſouvent une dif-
ſonance quoique l'harmonie ſoit conſonnante ; la conſonnance des moyens *appels ré fa* eſt employée pour la baſſe *ut*
avec laquelle il y a conjonction & par
conſéquent diſſonance : la conſonnance
des foïbles *appels fa la* & *fa la-b.* eſt
employée pour la baſſe *ſol* , avec laquelle
il y a deux conjonctions & par conſéquent double diſſonance : la conſonnance des premiers ſons de la nature *ut
mi-b.* eſt employée pour la baſſe *fa-d.*

fenfible de quinte, le total eft très-diffo-
nant : la confonnance des forts *appels*
eft employée pour la quarte, & l'harmonie des trois forts *appels* eft encore fort
diffonante.

Je dis harmonie confonnante ou confonnance pour tout enfemble de deux
notes féparées par un des intervalles qui
regnent entre les fons que la nature marie enfemble. Pour moi l'enfemble *fol fi*
eft une harmonie confonnante , que les
deux notes fonnent dans la pofition *fol fi*,
ou dans la pofition *fi fol*, foit qu'elles foient
féparées par la tierce majeure ou par fon
renverfement, la fixte mineure, par l'intervalle de 4 demi-tons ou par l'intervalle
de 8 demi-tons ; l'enfemble *fi ré* eft auffi
une harmonie confonnante, que les deux
notes fonnent dans la pofition *fi ré* ou
dans la pofition *ré fi* , foit qu'elles foient
féparées par la tierce mineure ou par fon
renverfement , la fixte majeure , par l'intervalle de 3 demi - tons ou par l'intervalle de 9 demi - tons ; l'enfemble

fol ré eſt encore une conſonnance , que les deux notes ſonnent dans la poſition *fol ré* ou dans la poſition *ré fol* , ſoit qu'elles ſoient ſéparées par la quinte ou par ſon renverſement la quarte , par l'intervalle de 7 demi-tons ou par l'intervalle de 5 demi-tons.

Ici comme pour les harmonies réglées, je nomme diſſonance tout enſemble de notes , entre leſquelles il y a une conjonc-tion ; je dis encore diſſonance pour tout enſemble de deux notes ſéparées par un intervalle plus ou moins grand qu'un des ſix intervalles conſonnans ſpécifiés. L'har-monie *ut ré* eſt diſſonante à cauſe de la conjonction des deux notes qui ſe touchent dans la gamme : l'harmonie *ſi fa* eſt auſſi diſſonante , la quinte qui ſépare les deux notes n'eſt qu'un intervalle de 6 demi-tons : l'intervalle qui ſépare l'harmonie *ſi la-b.* , extrêmes des *appels* , eſt à la vérité un eſpace de 9 demi-tons , mais il n'eſt pas le renverſement des 3 demi-tons qui ſéparent les deux notes de

S iv

la tierce mineure ; *la-b.* & *fi* fe touchent
dans la gamme , ce font la fixte & la
feptieme.

Les harmonies incomplettes figurent
dans la conftruction de la même maniere
que les harmonies ordinaires ; les confonnances de deux *appels* diffonent dans
la gamme , *contraftent* & phrafent avec
une portion de la confonnance de la nature , comme les confonnances *analogues*
diffonent & phrafent avec la confonnance
totale de tous les fons de la nature. Les
diffonances de 2 & de 3 notes font doublement diffonantes comme les harmonies des articles 91 , 92 , 93 , &c. elles
diffonent en elles-mêmes & elles diffonent auffi dans la gamme, *contraftant*
avec un ou avec deux fons d'une confonnance repos.

Conclusion.

Voilà , je crois, les vrais élémens de la
Mufique , les vrais principes de la compo-

fition, la fcience harmonique, l'art d'ordonner les tons, les confonnances & les
diffonances, enfin l'art de la confiruc-
tion....

Je ne me hâte pas ici pour citer des
autorités en faveur de mon Effai; je
ne crois pas que nos *Maîtres célébres*
ayent le tems de lire des livres de Mufique:
d'ailleurs quand on eft une fois applaudi
pour des productions Muficales, on a
plus envie de multiplier fes chefs-d'œuvres
que d'examiner des principes. Je n'ai con-
fulté perfonne: ce n'eft pas par vanité, car
fi j'ai une haute opinion de mes idées,
j'ai une meilleure opinion encore du mérite des autres; je me foumets à tous les
Lecteurs, ce font pour moi autant de
Juges compétens: fi leur approbation me
flatte & nourrit mon amour-propre, leur
critique m'eft chere; la moindre me fait
faire des efforts pour me corriger & pour
me perfectionner.

Malgré mes efforts je n'ofe pas efpérer que mon *nouvel Effai* faffe une

grande fortune ; aujourd'hui tout livre de Mufique doit paroître mauvais
ou inutile ; les talens de nos *virtuofes* font divins, les chef-d'œuvres de nos
.compofiteurs font fublimes ; il eft naturel de croire qu'on fçait tout , d'ailleurs on eft habitué à une méthode ; on
eft familiarifé avec des termes ; & moi
je m'écarte un peu de la route ordinaire , je parle fouvent un langage nouveau ; l'appui m'eft plus néceffaire qu'à
aucun autre , j'en conviens & je follicite la protection des *Lecteurs contents,*
ils voudront fans doute prôner mes principes & ma méthode. Ils fentiront l'avantage & l'intérêt que mes élémens pourront jetter dans l'étude muficale. Je ne
propofe pas un travail machinal , ni une
vaine tablature ; je parle peu à la mémoire & beaucoup à l'intelligence ; inf-
truifant mon difciple fur les notes , je
l'habitue en même temps à l'examen ,
à la comparaifon , à la réflexion & au
raifonnement.

Quoiqu'on cite par fois des regles pour juſtifier les petites produ&ions, ou pour blâmer celles qui déplaiſent, l'oreille n'eſt pas moins le ſeul guide des leçons de com-poſition : c'eſt, à la vérité, un excellent guide ; car on écrit néceſſairement de la muſique, ſi on a l'oreille exercée à la ſuite & à l'enſemble des ſons, & ſi on a les yeux familiariſés à la ſuite & à l'enſemble des notes ; avec cela, ſi on a du talent, on écrit de la bonne muſique ; mais il eſt vrai auſſi que l'Ecrivain inſtruit dans la *ſyn-taxe*, dans la *Poéſie*, dans la *Rhétorique*, va plus loin, à mérite égal, que l'écrivain qui a machinalement appris à lire & à écrire dans l'*Ecole*.

Si mon Eſſai n'exerce pas l'oreille, s'il ne familiariſe pas les yeux avec les notes, il a cela de commun avec tous les livres : les diſpoſitions naturelles, la pratique & le tems inſtruiſent & perfec-tionnent les organes. J'ai rempli ma tâ-che, ſi le *Leĉeur* dit, que je ſuis le plus près des élémens ſcientifiques qu'on profeſſe en

chaire , & fi je contente beaucoup de
Lecteurs , mes vœux pourront un jour
être accomplis. Mon *nouvel Essai* bien
applaudi , la Musique ne sera plus trai-
tée comme un simple amusement , son
mérite & son utilité seront reconnus , &
ma doctrine sera peut-être aussi honorée
d'une chaire Académique. *(t)*

(*t*) Changeant le signe visible , les leçons
de *cet Essai* sont encore plus *académiques.* Il
faut supposer que le disciple soit instruit sur la
lecture musicale , & au lieu de prononcer les
exemples sur l'instrument , il faut les noter ;
d'abord abstraction faite de la mesure , distin-
guant seulement les consonnances repos. Les *ron-*
des pourroient faire cet office pour marquer les
notes du repos principal , les *blanches* servi-
roient au repos de quinte , les *blanches poin-*
tées pourroient marquer les repos suspensifs ,
& comme les repos de virgule sont rares en Mufique , on pourroit les indiquer avec des *cro-*
ches : la *noire* serviroit pour toutes les harmonies qui sollicitent , qui appellent , qui *con-*
trastent & qui font désirer. On ne marqueroit pas

Chers confrères, ne m'enviez pas la petite récompenſe qui pourroit m'en revenir
ſi mon *réve* alloit ſe réaliſer de mon vivant ;
le plus grand avantage rejailliroit ſur vous ;

---

moins les ponctuations au-deſſus des notes de baſſes.
On notera le tout une ſeconde fois avec meſure.

Une autre diviſion me paroît eſſentielle : je
penſe qu'il ne faudroit employer d'abord que
deux *portées* ; les lignes horiſontales ordinaires des *clefs* de violon & de baſſe repréſen-
tent l'étendue harmonique du clavier : concentrant l'harmonie, on meuble plus aiſément la
tête du diſciple ... ſa tête meublée on peut recommencer & écrire le tout en *partition*, toujours en deux ſections 1°. abſtraction faite de
la meſure, 2°. meſurant la conſtruction.

En forme de *ſupplément* & pour contenter
tout le monde, on pourra parler des *accords*
& de leurs *ſignes*, chiffrant la baſſe des exemples propoſés : ſi on veut donner une nomen-
clature ſcientifique on pourra conſulter la *troiſieme partie de mon Traité de Muſique*. Mais
qu'on ſe garde à jamais de vouloir ajouter ſur
le chapitre des *embelliſſemens* ; car mille têtes,
mille fantaiſies, & *adieu la Chaire & l'Académie*.

vos lauriers seroient plus beaux & on vous les présenteroit plus galamment. La *Chaire Académique* annobliroit la Musique & notre état seroit un peu plus considéré. Croyez-moi, n'écoutons plus la jalousie ni l'amour-propre offensé ; accordons & réunissons nos vœux, bannissons la discorde, & rappellons-nous qu'il faut que les trois sons de la nature soient unis & liés ensemble pour pouvoir faire un *accord parfait* : imitons ce principe, unissons *l'Art*, le *Génie*, & l'*habileté* ; & notre talent sera un talent parfait.

F I N.

APPROBATION.

J'ai lu par ordre de Monseigneur le Garde des Sceaux un Ouvrage intitulé, *Nouvel Essai sur l'Harmonie*, *suite du Traité de Musique*, par M. BÉMETZRIEDER, & je n'y ai rien trouvé qui pût en empêcher l'impression. A Paris, le 18 Février 1780. MONTUCLA, Censeur Royal.

www.ingramcontent.com/pod-product-compliance
Lightning Source LLC
Chambersburg PA
CBHW071806020726
47502CB00004B/1011